中国政府出版品国际营销平台精选图书 · 文学书系　　王昕朋 主编

舞　者
Dancer

孟小书　著

中国言实出版社

图书在版编目（CIP）数据

舞者 / 孟小书著 . -- 北京 : 中国言实出版社 ,
2020.12
（中国政府出版品国际营销平台精选图书·文学书系 /
王昕朋主编）
ISBN 978-7-5171-3644-6

Ⅰ . ①舞… Ⅱ . ①孟… Ⅲ . ①短篇小说—小说集—中
国—当代 Ⅳ . ①I247.7

中国版本图书馆 CIP 数据核字（2020）第 256015 号

出 版 人　王昕朋
责任编辑　王蕙子
责任校对　张国旗

出版发行　**中国言实出版社**
　　　　　地　　址：北京市朝阳区北苑路 180 号加利大厦 5 号楼 105 室
　　　　　邮　　编：100101
　　　　　编辑部：北京市海淀区花园路 6 号院 B 座 6 层
　　　　　邮　　编：100088
　　　　　电　　话：64924853（总编室）　64924716（发行部）
　　　　　网　　址：www.zgyscbs.cn
　　　　　E-mail：zgyscbs@263.net
经　　销　新华书店
印　　刷　北京中科印刷有限公司
版　　次　2021 年 1 月第 1 版　　2021 年 1 月第 1 次印刷
规　　格　880 毫米 ×1230 毫米　1/32　8.5 印张
字　　数　163 千字
定　　价　58.00 元　　　ISBN 978-7-5171-3644-6

有风骨讲美学接通全球

——"中国政府出版品国际营销平台精选图书·文学书系"总序

王昕朋

  中国言实出版社是国务院研究室主管主办的国家级出版单位，出版定位是：主要出版党和国家重大政策的研究成果以及相关的辅导读物。1995年成立以来，我们一直坚持这一出版定位，围绕党和国家中心工作开展出版活动，因而，国内外读者很少见到由中国言实出版社出版的文学类图书。但是，近几年文学界对中国言实出版社已不陌生。这源于出版理念的一次变革。习近平总书记在文艺工作座谈会上的重要讲话指出："一部小说，一篇散文，一首诗，一幅画，一张照片，一部电影，一部电视剧，一曲音乐，都能给外国人了解中国提供一个独特的视角，都能以各自的魅力去吸引人、感染人、打动人。"这给了我们启示、启迪，文学也是讲好中国故事、传播中国好声音的重要途径。所以，我们也用心、用功、用力打造文学板块，并将它推向世界。2018 年 8 月，由中国言实出版社出版的李春雷报告文学作品《朋友——习近平与贾大山交往纪事》获第七届鲁迅文学奖，同时入选"丝路书香"出版工程在国外出版，于是文学界发现，中国言实出版社在文学出版领域同样有不俗的表现。中国言实出版社的文学图书品种少而精，中国文学的声音在通过中国言实出版社持续传播到海外，承载着文化和文学信息的《温文尔雅》翻译成英文、日文、俄文、德文、法文、意大利文、西班牙文、葡萄牙文、阿拉伯文等多种语言向全球推介，英文版、中文繁体版荣获第十三届"输出版引进版优秀图书"奖，长篇小说《京西胭脂铺》一举登榜"中国图书世界馆藏影响力图书 20 强"。付秀莹、金仁顺、乔叶、魏微、滕肖澜、叶弥、戴来、阿袁等 8 位"当代中国最具实力女作家"的作品集同时推出，之所以在名称中冠以"中国"二字，是出于对外推介的考量，其中付秀莹、魏微、戴来等人的小说集后来入选"经典中国"项目在美国出版，产生良好反响。

近年来，中国言实出版社加快国际出版步伐，与英、美、日等多家国外出版单位建立战略合作关系，近百名当代中青年作家的作品陆续推介到美国纽约、日本东京、德国法兰克福等多个国际书展，被多个国家的图书馆收藏，图书受到国外图书界关注，连续 6 年入选中国图书世界馆藏影响力百强出版单位。2015 年经财政部批准立项，中国言实出版社建设并主办中国政府出版品国际营销平台，为推动"文化走出去"提供支持。2020 年，有感于体量庞大的中国当代文学无法快捷地被全球关注所带来的传播学遗憾，有感于年度文学选本出版周期较长，有感于众多具有潜力、实力、影响力的青年作家的作品没有很好的对外传播渠道，中国言实出版社整合资源，决定专门为中国政府出版品国际营销平台的文学板块打造出一种比年度选本出版周期短、对当代文学创作反应更为灵敏的季度文学选本。《中国当代文学选本》应运而生，书名由王蒙题写，选稿编委梁鸿鹰、李少君、王干、付秀莹、古耜皆为业内名家行家，所选作品为国内新近发表的文质兼美的力作。作为一种有公信力的季度文学选本，《中国当代文学选本》因"让国外读者快捷阅读当代中国文学精品"的窗口作用，以及"为中国作家走向世界铺筑交流合作桥梁"的桥梁作用，受到作家、汉学家、国内外读者一致好评。《中国当代文学选本》传播中国声音，讲述中国故事，产生良好社会效益。有鉴于此，中国言实出版社决定打造这套"中国政府出版品国际营销平台精选图书·文学书系"。

出版社并不承担培养作家的使命，但是这套"中国政府出版品国际营销平台精选图书·文学书系"的入选作品多是出自青年作家之手，原因在于，我们始终关注着中国当代文学最具活力与实力的鲜活部分，求取风骨与审美的统一，始终在精心遴选极具当代性的中国文学好声音，始终把推动中国当代文学与全球接通作为出版人的责任，这套"中国政府出版品国际营销平台精选图书·文学书系"的入选作家和作品便是如此。有风骨、讲美学，是选取这套丛书的思考维度。"有风骨"是要对民族精神有所反映，要为人民而文学，要关怀民生，帮助读者把无病呻吟、凌空蹈虚的作品以独特筛选眼光来淘汰掉；而"讲美学"是指中国言实出版社遴选书稿时看重作品的文本质量，内容和形式互为表里，是为美。美为作品飞向全世界插上翅膀，中国言实出版社人始终认为，美是全人类可通融的共同语言，有风骨、讲美学才能接通全球，成为文学精品。这些优秀作品里，都跳动着时代的脉搏，展现着当代中国日新月异的面貌，蕴含着深厚的文化自信。出版是文学生产的终端，对于中国言实出版社而言是文学传播的开始。中国言实出版社将始终秉持"好作品主义"，重视名家不薄新人，盘点、整合中国文学资源，积极开展对外译介和推广工作，自觉地将有风骨、讲美学的文学精品作为永不改变的出版追求。

2020 年 12 月

目 录
CONTENTS

逃不出的幻世

没有开始，就已结束。所发生的一切都是那么的自然，就像是花期那样的有条不紊。

1

今日再次失眠至凌晨四点，电脑中循环播放王家卫的《花样年华》已经是第三遍了，电影里的咿咿呀呀和房间中杜宾犬阿杰熟睡的鼾声，让我爱上了深夜，并享受着这种心理上的自虐。周慕云和苏丽珍彼此的错过让我恨死了王家卫。每看一遍，我都期待着会有不同的结局，可这并未如我所愿。失眠对于我来说像是理所应当的事情，我抠着额头上的青春痘，破了，流血，结痂，留疤，我无法控制，就像失眠一样。黑夜把我变成了一个额头满是疤痕的女孩。

凌晨五点半，天色渐亮，我终于渐渐睡去。

上午对我来说从未存在过。我走进厨房，随便揪起一片面包，无味地咀嚼着。这是一天中的早餐，在我的概念里，一天中的第一餐饭称为早餐。早餐跟失眠不一样，它是可有可无的，而失眠不是，它是必备的，是注定的。

傍晚五点，夕阳半洒进房间，我讨厌这金灿灿的阳光，讨厌每天的五点半，也许是因为这个时间不好打车，也许是因为妈妈要下班回来，也许是因为这个时间让我想到生命快燃尽的部分，谁知道呢。一天当中，只有深夜才是我的最爱。

我是学动画设计的，能去个玩具工作室设计玩偶是我最大的梦想。事情就是这么顺利，在我抱着电脑看王家卫的电影时，突然接到玩酷动画公司的面试邀请，公司在苏州。

二十二岁的我没有家的概念，我随着梦走，梦在哪儿，我在哪儿，毫无畏惧。临走的前一天晚上，那个男人突然给我打了一个电话，他似乎在电话的那头已经兴奋得跺起了脚。

"秦梦，告诉你一个好消息，爸爸我要结婚了，她二十八岁，漂亮极了。"

他就是这样一个自私到令人发指的人，他未来的妻子仅仅比我大六岁。真好奇是什么样的姑娘会嫁给比自己大将近三十岁且微微谢顶的男人。

这一通电话我并没有感到意外，只是觉得有些恶心，像吃了苍蝇般。我故作镇定地说："恭喜。"

"你说我是要男孩还是女孩？"

"您还是养条狗吧。"说罢我便挂了电话。

妈妈窝在客厅沙发上百无聊赖地看着上百集的电视连续剧，显然她尚未得知这一消息。

我不知如何开口，只想逃离。趁着妈妈还没向我哭诉或破口大骂时，我要马上离开这里，带着我的小猴子一起"私奔"。

摊开的行李箱赤裸裸地在我眼前，我不知道还应该带走什么，什么都是必需的，什么都是无用的。

这晚，我像往常一样，温习着深夜的寂静。我反复舔着门牙上的小缺口，舌尖刺破，流血，我停不下来。

早上，我抱着小猴子，提起行李箱，出发。

2

"私奔"这词极其符合我的爱情观——给我一颗糖，便伴你走天涯。我从没想到自己会有一天带着小猴子私奔到苏州来。感谢那个男人昨夜的电话，感谢玩酷公司的邀请，所有的因素串在一起，使我圆梦了。

苏州夏季的天气，闷热、潮湿，额头上的汗珠融了我的妆。小猴子在我怀中依然咧着大嘴。私奔从下飞机的这一刻开始，往后的日子令人期待、惶恐。

我不知道私奔是对是错，所有已发生的事都是命中注定，爸妈的离婚，我的失眠症，周慕云和苏丽珍的擦身而过。面对命运，我们像河流中的一片花瓣，随波逐流，荡漾，最后被吞噬。

出租车带着我穿梭在苏州城里，婀娜的植被、婉约的江浙女子和吴侬软语让我身子变得僵硬。我嗅着小猴子身上的奶气，这味道让我安心。

玩酷位于工业园区，说是新加坡人投资建造的，环境优美，惬意，但同时也少了几分苏州老城的韵味。相比之下我更喜欢老城。宿舍干净整洁，一个房间两个人住，我跟小猴子算是在苏州落了脚，成功地完成了私奔的第二步。

和我一起面试的是一个身高一米八五的男孩，这样的身高和我倒是匹配，他是苏州本地人。他盘旋在公司走廊的落地玻璃窗前，焦躁不安。看来这份工作对他来说非常重要。不知为何我的双腿会自动朝他走去。

"你苏州人？"我问他。

他点点头。

"你也来面试？"

"嗯，不然我站这儿干吗？"他甩了下挡在眼前的头发帘。男生留长发，通常都是搞艺术的，但像他这种半长不短的，通常都是被艺术搞的。但这句话我没说出来。无论是谁搞谁，他们都有一个共同点——发型对他们来说都是至关重要的。

"你学动画设计的？"我问。

"是呀。"他紧张得直跺脚，似乎再多说一句话，就会由于过度紧张而开始呕吐。理论上来说，身高一米八五的男子是没有权利跺脚的，这会让他看起来非常欠揍。

这时，从一间办公室里传来声音："白慕云！"

"来了！"说罢，他便整理了下衬衫，慌张地走进去了。

白慕云？是因为名字的关系吗，我对这个一米八五、被艺术搞的男生有了莫名的好感。我决定要在这里等他，说不定我会是他的秦丽珍。

事事皆是命中注定，我不决绝，我不反抗，随遇而安。我和小猴子继续私奔。

3

白慕云蹲坐在公司大门前的台阶上，一缕缕烟丝环绕着他。下午五点半，我最讨厌的时间。

"怎么样？过了吗？"我问。

"没有。你呢？"

"不知道，让我等通知。爱过不过呗。"我把手插进白色的连衣裙兜里。

"那就应该是过了。你是哪儿人？"他问。

"按祖籍我是山东的，按出生地我是北京的，可我在北京也就待了不到十年，就去西安上学了，你说我算哪儿人？"

他咧咧嘴，从脸上勉强挤出一个蹩脚的微笑。

"走吧，我请你吃饭。算是给你庆祝下吧。"

我没有拒绝。

饭后我们一起游走金鸡湖，这是我和一个陌生人在一起度过最长的时间了。我不能与人长时间接触，尤其是陌生人，过长时间的谈话会让我表情麻木、烦躁、胸闷。虚假的社交礼仪就像是女人的腹带和内衣。我享受一个人的时光，有时可以连续几日不语。

夜晚的湖面波光粼粼，几对恋爱中的男女缠绵于岸边树丛。

"你说你是做舞美的？那工作不好吗？"

"那里的人太世故，我不喜欢，况且那工作过于机械化，什么事情都要按照别人的意愿来。我是学动画设计的，可是那时候没搞出名堂，想现在试试，没想到又是这结果。"

之后我们并没有说太多的话，很多话都是不必讲出来的。沉默变成了我们的一种默契。我们围绕着湖岸，漫步。

许久后。

"明天你准备做什么？"他望着湖面，并没有看向我。

"准备跟我的猴子在苏州私奔。你要加入吗？"

"你那么大个儿，不适合天天抱着个猴子，这事没人告诉你吗？明天带你逛苏州吧，我现在已经把自己调为消极怠工模式了。"

我们互换了电话，就此告别。

回去的路上，漆黑的夜里，街道寂静。树上花朵仿佛突然间鲜艳地怒放，这花瓣在冒着微弱的荧光，为我指路回家。这花朵仅为我一人盛开。

4

我不相信男人，可以说是有些厌恶。妈妈和他离婚是对的，他诠释了男人身上所有令我厌恶的特质。妈妈喜欢干净的男人，除了这一点他再无优点。可就是这一点，让我对干净的男人也产生了厌恶感。与我再亲近的男人也都只能视为好友，仅此而已。

第二天，我们约在金鸡湖畔的摩天轮旁，他站在熙攘的人群后面抽烟。我一眼就望见了他，衣服还是昨日那件，没更换。起码，他不是那种只看重外表的伪君子。我站在原地，没有及时向他走去。湖畔有微风，他半长的头发遮挡住了眼睛，他继续抽烟，任凭发丝在脸上乱舞。干瘦的身体在宽大的白衬衣里逛荡着，真怕他会被这风吹走，飘向远方，哪怕是这微风。

"嘿，吗呢？"我走向他。

"来啦？走，我们上去吧，票买好了。"他把烟头捻灭，丢进了垃圾箱。

摩天轮以蜗牛般的速度缓缓上升。有些事情的发生就像这摩天轮，从双脚离开地面的那一刻起，就知道它迟早会升入高空，停留一秒，便又开始缓缓下降。

在摩天轮顶端的时候，我向下望去。一对新婚之人在湖畔拍照，女人的白色婚纱优雅地飘着，男女亲密地靠在一起，旁边围了几个身穿西装和小礼服的伴郎伴娘。我似乎可以看见两人脸上淡然的微笑，这一刻的幸福究竟可以维持多久呢？

我隔着厚玻璃，像是悬在幸福的边缘。我用悲凉的眼神向下望着这场热闹的哑剧。人一旦走向婚姻，就面临着痛苦。像是烟火，瞬间便会消失在寂寞的夜空中。陪伴夜空的只有点点繁星。

二十岁左右结婚的人在我看来就是一种冲动，在爱得快要死掉、疯掉的时候，用婚姻来冷静自己。从决定领证开始，迎来的便是烦琐的仪式。人们要费尽心思挑选领证的日子，挑婚礼的日子，挑婚纱，挑婚庆公司，挑婚纱照摄影师，挑婚纱照的拍摄场景，挑婚礼现场的布置方案，可挑来挑去就是没有挑对结婚的对象。

在半空中望着这对新人，我有一种想要挽起白慕云手臂的冲动。我要克制。

下午，他带我去了平江路。抹去拥挤的人群、杂乱无章的地摊贩，这条老街倒是有一股浓浓的江南味。雨后，泥土的腥味让我不安，透过泥土，我似乎可以嗅到一条条粗大的蚯蚓在用力地蠕动它棕红色的身体，试图破土而出。白慕云与我并肩同行，他向我娓娓道来这里的悠久历史，可我一个字也听不进去。我只关注脚下的每一步。

白慕云带我来了一家叫"猫城"的店里。这是一家概念书店，里面狭小的空间只有简单四五张桌子。四面墙壁布满了明信片和信箱。信箱里面填满了寄给未来的信件，店员会按照指定的日期寄出。这满墙的信箱中究竟承载了多少对未来和爱情的期许。这"未来的信件"幼稚可笑。我对未来没有任何期待，它就像是漆黑夜里的一片森林。我们刚要走出小店时，突然又下起了雨。雨点把人们又赶回了书店内。我和白慕云上了书店内的小二楼，竹制楼梯潮湿而陡峭。我们找了个放有笔筒的桌子，坐下。此时，外面的雨淅淅沥沥，天色昏暗，让我莫名地感到忧伤。

"不写一封信吗？"白慕云起身挑选了一张明信片递给我。一只猴子走在一片广阔的丛林中，手里拽着一只气球，底色黑白，只有那只气球是鲜红的。这明信片的样子正合我心意。我认真挑选了一只紫色水笔，笔头久久悬在纸上，不知该如何下笔。对未来的自己似乎也无话可说，索性简单写几句游记：

> 栀子花安静地在路边开放，呛鼻的芳香在潮湿的空气中无限蔓延。怀中的小猴子与我一起在苏州城内私奔与放逐。此时，外面烟雨蒙蒙。白慕云与我一起躲在书店小二楼内书写游记感悟，惬意。原本来苏州的目的已经不再那么重要了。
>
> 某日
> 于猫城

搁笔，把卡片认真装进信封。六个月后它将寄回北京。

一只黑白相间的猫趴在一盆生长茂盛的绿萝旁熟睡。这里的野猫清闲优雅，不像北京的野猫，整日暴走于街头。

我们在小二楼内闲谈，直到雨停。昏暗的下午，与他交谈像是跪拜在佛堂诵经般，令我心情平静，呼吸均匀而顺畅。

晚上，便饭过后，他送我回到宿舍。

妈妈突然来电，向我诉苦。她已得知爸爸要再婚的事情，而且未来的妻子是一个二十八岁的妙龄女郎，并告知了婚礼的举行时间。舅舅查出了肝癌，晚期，今天住院。阿杰有些微微尿血，怀疑是肾结石。阿兰死了，死在老家了，让我跟她一起回趟老家去哭丧。

阿兰是谁？这个名字在我生命中从未出现过。

我从始至终，简单答复。我不想知道这些，可又必须知道。不知从何时开始我对家中的事情如此冷漠。也许从妈妈和她的几个姊妹争抢姥爷的财产后，也许从妈妈得知那个男的有了外遇却一直忍气吞声开始，也或许是从那个男人带了他未来的媳妇回家过夜之后。谁知道呢。

我现在最担心的就是阿杰，我多希望它可以再多活几年。

我挂下电话。调整好坐姿，深呼吸，闭目，开始打坐。

二十分钟后，我慢慢睁开眼睛。多希望电话从未响起过。我知道，他、她、它都需要我。这通电话像是个紧箍咒，即使把自己放逐在天边，它也始终束缚着我。

我打给了白慕云，并告诉他明日启程回京的消息。他有些诧异。

5

北京，天气闷热，让人呼吸困难，是暴雨前的征兆。火车站阵阵酸臭，嘈杂。人与人之间皮肤的摩擦、汗液的黏湿让我暴躁、恶心，想骂脏话。我体内的怪兽在试图努力地挣脱出来。

在我推开家门前一刻，屋内一股巨大的压力透过门缝向我迎面扑来，即使这道紧锁的大门也阻止不了。

妈妈见到我并没有立刻问我在苏州面试的情况，也并不关心我饮食起居是否正常。事情混杂得不知让她从何说起。阿杰艰难地从窝中爬出来，摇着尾巴向我跑来。

晚上，我梦见白慕云骑车带我在一个人烟稀少的古镇上，穿过一条条空旷和荒芜的街道。我抱着他的腰，他衬衫上充满了阳光的味道。古镇凉亭两侧刻有诗句，我们在这里喝酒聊天。我醒来时，却发现枕边早已浸湿。

在送阿杰去宠物医院的路上拥堵、颠簸，这让它十分痛苦。医生给它做了细致的检查，需要立刻手术。把它送往手术室的路上，它发出了微弱的叫声，眼睛一直盯着我，直到手术室的大门关闭。阿杰已年迈，不知道还会陪我多少年。我在门外踌躇着。几小时过后，医生从它的肾里取出了像栗子般大小的硬石。麻醉剂似乎还未彻底失效，它昏昏沉沉地在车里睡着了。如果没了你，我该怎么办？

把阿杰安顿好后，中午我提着妈妈做好的饭去 A 医院，看望已经肝癌晚期的舅舅。舅舅对我诉说着对世间还有着种种不舍。我绞尽脑汁尽量安慰。他面色惨白，虚弱无力，看来已时日不多。我讨厌这样的场面，好想逃离此地。

生离死别，我还从未经历过。本以为会淡然面对，可如今却无比感慨。

回家路上，我买了些仅供今晚的食物。明早启程，准备回老家哭丧。哭丧时不知要不要去送钱，就像结婚时那样随些份子钱。

妈妈说，那个阿兰她也不认识，是姥姥同父异母的哥哥家领养的女儿。姥姥可能也没见过几面，不知是怎么联系上我们的。但我们还是要亲自去一趟的，毕竟也算是个远方亲戚。他们在农村也不容易。我们过去送些钱就可以了。阿兰活着的时候一面也没见过，到死了总算是能见一面了。

她絮叨自语不停，长叹一口气便独自走回了房间。

阿杰已经恢复了食欲。它昂首挺胸蹲坐在阳台旁，英姿不减当年，仍像个严肃的英国绅士。

晚上十一点半，白慕云给我传了条简讯，问我今日如何。夜晚的简讯，无限地暧昧。

我闭上眼睛幻想着窗外满是花香、寂静的街道。白慕云与我漫步于金鸡湖、平江路。书店里小二楼还是老样子，野猫在绿萝旁慵懒地午睡。我们游玩古镇，那里有刻着诗词的墙壁，哼唱江南小调的渔夫，炊烟袅袅的小户人家，一切如此安逸，与世隔绝。

潮湿的记忆滋养着干枯的明天。

我缓慢呼吸，渐渐入睡。白慕云再次出现在梦里，我们坐在亭下，凉风扑面。

第二天一早，我接到了玩酷公司的复试通知，这一通知像是个救命稻草，把我从这个千疮百孔的现实世界中拯救了出来。下午我便拖着行李箱，和小猴子再次私奔。可怜的阿杰，我是多么想陪在你身边。临行前，它咬住行李箱，试图挽留。

到了苏州火车站，远远地我便看见了白慕云。他还是老样子，还是一样的阳光，一样的干瘦。毕竟我们才分隔几天而已，但这短暂的几天像是几年。我好想扑进他的怀里。

"哭丧回来了？"他说。

"没哭成，接到面试通知就连滚带爬地赶回来了。那个远方亲戚我没见过，妈妈说他们应该就是想要点钱而已。"我拖着疲惫的躯体再次逃到这个城市。

夜晚，收到白慕云的信息：你能回来真好。

6

清晨，飘起细雨。空气清新，绿植香气扑鼻，潮湿。不像北京暴雨前的闷热，让人难以呼吸。我到不远的街道旁随意进了一家早餐店。店面小而朴实。墙上挂了一排用竹子制成的菜单。我点了一碗桂花粥和三个糯米团子。餐具陈旧，食物却是精致无比。桂花香气萦绕于心中。

北京是一座可以让我睡到下午时分的城市，睡觉是我可以逃避一切的办法。可在这里不同，清晨醒来漫步于城市街道，是一件惬意并令人愉悦的事情。

下午面试，经过三个面试官的轮番轰炸后，我筋疲力尽地走出来。白慕云已经在门口抽了三支烟。

"怎么样？"他问。

"不知道，只是说让我继续等消息。面对那三个面试官我完全没了信心。如果失败了我就该回北京了。"

失去了这份工作，我还有什么理由可以继续留在这里？白慕云看出了我的忐忑，便拉住了我怀中小猴子的一只手，说：

"走吧，带你去看个话剧。《恋爱的犀牛》。"

这部戏我早在北京看过，我没有告诉他。

小剧场在地下二层，长长的过道墙壁两侧挂着几幅旧时光的海报。场内温度很低，我紧紧地搂着怀中的小猴子。

我与他坐在中间偏后的位置，心中又冒出这部戏中我最爱的两句台词：

　　　　你是我温暖的手套，冰冷的啤酒，
　　　　带着阳光味道的衬衫，日复一日的梦想。

灯光逐渐熄灭，演出开始。

白慕云在一片黑暗中拉住我的手。我猜测着他的表情，猜测着他呼吸的频率。这时他的脸一定紧张得像个扭曲的海绵。在一片黑暗中，我看到他的身体有节奏地在前后摇摆，我想跟他一起摇摆。这一刻，他像个孩子。我嘴角上扬，跟他一起摇摆了起来。

灯光点亮，他的手没有松开。我们继续一起前后摇摆。演员们亢奋地站在台上，朗读台词。

白慕云趁着这一片响亮的朗读声，面朝前方。他突然小声说："我喜欢你！"他的手握得更紧了一些。

灯光再次熄灭，他的脸消失在茫茫黑暗中。我的眼前却开出了一片耀眼的艳丽的花丛，十分刺眼。

我轻轻闭上双眼，聆听着，低声和演员一起念出我深爱的台词：

　　　　你是我温暖的手套，冰冷的啤酒，
　　　　带着阳光味道的衬衫，日复一日的梦想。
　　　　你是纯洁的，天真的，玻璃一样的，
　　　　你是纯洁的，天真的，什么也污染不了，
　　　　阳光穿过你，却改变了自己的方向。
　　　　我的爱人，我的爱人，我的爱人，我的爱人……

　　"你怎么会背这段的？"白慕云问。
　　"我不知道，这只是我心里想对你说的话而已。"
　　我们十指紧紧相扣，演员们似乎口吐鲜花，我们都笑了。
　　演出结束后，我们漫步在街边。夕阳满天，这春光太好，
让人恍若重生。

7

　　白家光线昏暗，空气中弥漫着幽幽檀香。家具古典淡雅。
从客厅穿过便是一个小小庭院，一棵枣树立于院中央，微风瑟
瑟，树叶沙沙作响。庭院的左侧是一个几乎垂直于地面，通往
阁楼的木制楼梯，它带着木头原有的颜色，没有任何修饰。陡
峭的楼梯把我的目光渐渐带向阁楼。可这阁楼里却散出一股阴
森哀怨的气息，里面像是藏着一个孤魂。
　　"是谁呀？"一个女人低沉无力的声音从里面飘出。

白慕云仰头说:"妈,我一个朋友来家里坐坐。"

阁楼内再无他声。

白慕云慌张地开口解释:"她是我妈,身体不好。"

简单的两句便透露出了他的难言之隐,他家中的事情我不愿多问,只想让我们保持着一种纯粹的关系。

他带我回到了家中客厅,一位体态瘦小的老妇人为我们沏茶。她的微笑一直挂在这张被岁月腐蚀的脸上。随后,她蹒跚着走到后院,又为我们端出一叠叠的精致糕点。

我对她说:"糕点真好吃,是您做的吗?"

老太太依然满脸微笑地看着我,拍拍我的腿。

"我姥姥听不见的。"

家中这时只有一口口呷茶声,和庭院中隐约传来的风吹树叶声。

我想逃跑,想离开这里,白慕云的家中瞬间没了氧气。我的一举一动都变得僵硬。可这次我能逃到哪里去呢?

姥姥坐在客厅的另一角落摆弄着盆景,世界对于她来说如此安静。

他说:"忘记是什么时候了,我爸很少出现在家里,直到有一天,他彻底走了。从那时开始,妈就一直在阁楼里。是自闭症吧,我觉得她好不了了,这辈子都好不了了。姥姥听不见,但我想她应该知道事情的经过。姥姥从没向我提起过。"

他,极像另一个我。也许,人所选择的爱人,其实是另一个自己。这一刻,我好想大声哭出来。

隔天，玩酷公司遗憾地通知我，面试失败。我很庆幸。

没有了再继续逗留于这座城市的理由，我悄悄离开了苏州，没有告诉他。似乎逃跑永远是我处理问题的唯一方式。

之后，我们没有再见过。

白慕云给我打了二十余通电话，发了无数条信息。最后一条信息是：你爱过我吗？

我回答：没有。

三个月后我收到一封来自猫城的明信片，没有署名，没有日期：

　　　　我留得时间
　　　　却留不住你

舞者

过把瘾

1

"你们看我身后的那个人,长得像不像张明?"叶子说完,帆儿往后面看了看。我赶紧低头,扒拉了一口饭。帆儿看了半天,也没找着叶子说的是哪个。

"不能是他吧?他不是在美国呢吗?"帆儿说。

"没准儿人家回国了,也说不定。"叶子说。

"你那么肯定是他吗?"帆儿说。

"百分之八十吧。"叶子说。

"爱是不是，爱回来不回来，跟我也没什么关系。"我说。

"谁也没说跟你有关系啊。"俩人几乎异口同声。

"你说，如果他真回来了，你俩还有可能吗？"帆儿说。

雨淅淅沥沥地下着，柏油路上湿漉漉、亮晶晶的。这种天气，配上这种问题，真是略带伤感啊。

此刻，服务员恰巧上了剁椒鱼头。这是今天的主菜，帆儿和叶子没再追问下去，纷纷将筷子扎向鱼头。这家餐厅汇聚了南北几大菜系，以辣为主。恰巧我们仨都喜辣，也都喜欢在味蕾上寻求点儿刺激。馆子不大，位置也合适，是我们的指定聚餐地点。但自从去年帆儿开了一间钢管舞教室，叶子忙于她的个人画展，我们仨就很少相聚了。

曾经，我总带张明来这家餐厅，也不知道他是否喜欢。反正，他什么都听我的。我一边吃着鱼头，一边回想，张明除了我，还喜欢什么？他似乎对一切事物的评价只有"还行，还不错"。两年过去了，他在我的印象里变得很模糊，或许他的形象就从未清晰过也说不定。

帆儿一直向我们抱怨除了每个季度要对付昂贵的房租，还要处理女会员们之间的纠纷问题，简直就是费力不讨好的工作。我和叶子也都曾是她的会员，我们都办过年卡。在那里也学会了不少动作，在外行眼里，我们已经相当专业了，甚至可以卖票演出了。

鱼头吃了大半，叶子又突然想起之前的话题："你说，张明要是回来了，你俩还有可能吗？"

"没可能吧。"

"那如果当初你不来我教室学钢管，你俩会分开吗？"帆儿问。

"不知道，可能也会吧……"

2

这是老what酒吧最后一天营业，我和张明坐在门口，喝酒。今晚没有乐队演出，很多老顾客和老板的朋友前来"道别"。这个 live house 酒吧开了十多年，很多现在成名的乐队都是从这里走出去的。这里也蕴藏了很多人的记忆和过往。其中，就包含了我和张明的。酒吧对面就是一所重点中学。张明说，以后咱们孩子要是能在这上学就好了。

我不知道该说什么。家里一切大事都是他说了算，我没什么意见。我主要还是懒，懒得去想那些"大事"，懒得去做决定。

老what离筒子河边不远。每个月我们都会来这酒吧一到两次。每次酒喝得差不多了，我们都会在筒子河边走一走。张明会自顾自地说着那些金融职场上的事。我不爱听，但也从来不会打断他。那些都与我无关。那什么与我有关呢？我也不知道。我是土生土长的北京孩子，独生子女。父母早年间已经为我打拼好了一切，什么都不用我发愁，什么也都不需要我发愁。父母对我唯一的要求就是找一个对我好的、有不错工作的男人嫁了。张明是南方人，能吃苦。在北京多年，终于把自己拼成了一个中产，就连说话口音也变了。他对我也好，是那种让我挑不出毛病的好。所以，他特别符合我爸妈的要求。

以前的我，活得如一盘散沙，多亏有张明拖着我，我真的很谢谢他。但有时候我也会心里发慌，不知道张明看上我什么了。可能是因为我好看，也可能因为我是北京本地的。

搬了家后，这个酒吧离我们就远了，每次开车要一个小时。但我们都喜欢这儿。我跟他说，咱俩去筒子河边上走走吧。

张明说："这最后一天营业了，还真有点儿舍不得……"

我象征性地点了下头，心不在焉地望着旁边故宫的高墙，想着自己要是会飞檐走壁应该挺酷的。

张明牵着我的手，不自觉地反复摸着我手心里的茧子，说：

"闭眼睛还以为拉着一个男人的手呢。你那个钢管舞练练差不多就得了。"

"那不叫钢管舞，叫钢管技巧，懂吗？"

"行，钢管技巧。有个爱好是挺好，但是也别用力过猛。万一受伤了怎么办……"他小心翼翼地说。

"怕我受伤？我看你就是封建，思想守旧。你就是认为这是不健康的，你说你这脑子里一天天都想什么呢！"我愤怒地大步向前走，他就小心翼翼地追，和我保持一个尽量不会再激怒我的距离。我自己也不清楚到底在愤怒什么，并且如此地理直气壮。

起初，张明对我去学跳舞的事特别支持，去跳跳舞，换个心情，也能交几个朋友。张明一开始只是知道我去学跳舞，但他不知道我是去跳的什么舞。他没问，我也懒得说。也许就是这点，他不该对我去学钢管舞有任何的质疑。

餐厅里又进来了一对男女，他们看上去都很疲惫。坐下后，两人都没有翻看菜单，男人随口说了几个菜，女人盯着某处在发呆。他俩一定也是这儿的常客。我看着他们，有种似曾相识的感觉。曾经，我和张明也是这样，他点菜，爱点什么点什么，跟他吃饭能吃出个什么花儿来？

"其实，张明那会儿特别烦你。他总觉得我去学钢管是你教唆的。"我说。

"其实，张明烦我这件事，我多少也能感觉出来。"帆儿说。

"他这个人就这样，心眼儿特别小。而且好像特别怕我去工作，怕我出门。我每次说去找工作的事，他都小心翼翼地劝我在家待着挺好的。你们说这是为什么？"

"你这么不踏实一人，怕你一出门就跟别人跑了吧？"叶子说完，我们仨全笑了。

3

和他在一起没多久，我所在的公司老板被抓了。从没工作到现在已经脱离社会三年了。这都是张明的主意，他说，别找工作了，咱俩该计划一下要孩子的事了。你挣的那点儿钱还不够付阿姨的工资呢。我曾经认为，他一切的主意都是正确的。

张明有一份不错的工作和不错的收入，我们也有一辆不错的车和一个不错的房子，我们父母双全，婆媳关系也不错。我三十，张明三十五。在别人看来，我的生活近乎完美，但我依然还是不高兴。帆儿跟叶子说我有病、不知足，我觉得她们说得特别对。

跟张明的这几年，不知该用什么词汇来总结。好像和他过了很多年，又好像一天也没和他过过。很梦幻，很朦胧。我们结婚七八年，有时候觉得张明特别好，有时候连话都不想跟他说。有时候觉得就跟张明这么过下去算了，有时候觉得还是赶紧离了吧。有时候觉得他就是根鸡肋，认真想想，他真的就是根鸡肋。我之所以跟他耗到现在，就是他没有一个让我说得出来的毛病。但又觉得他浑身都是毛病。当然了，也许有毛病的人是我。很多个夜晚，我会借助微弱的亮光，凝视着张明的脸。深夜似乎在与我窃窃私语，向我诉说着生活的寂寞与无聊，向我诉说我的存在是毫无意义的。

就在我怀疑自己的存在价值时，帆儿突然跟我说她要把工作辞了，想开一间钢管舞教室。我和叶子都劝她要冷静，铁饭碗不能丢。帆儿说，是，她要想好好想想。于是，两个月以后教室就开了，我和叶子也都踊跃地办了卡。与此同时，叶子也开了个人画展，虽然没什么人买，也没什么人看，但她却乐此不疲。画展持续了一个月，她假装忙得不可开交。那段时间，我每天也挺忙的，早上张明去上班之后，我便把自己收拾好，去帆儿的教室练钢管，把自己练得满身是伤后，再坐车到798，去叶子的画展混一下午。晚上等张明回来后，一起再到外面觅点儿东西吃。如果心情不错，我们会在家做儿饭。我不知道，这种看似充实，但毫无价值、像膨化食品一样的生活能维持多久。一个月马上要过去了，叶子的画展也接近尾声，这意味着我下午将无处可去。为此，我很恐慌，不知所措。

我曾与张明探讨过要找工作的事情，但总是被他那种小心翼翼的语气和态度所安抚。好像我的一切焦虑都是庸人自扰，甚至不值一提。我是怎么被他劝服的，至今我都回想不起来，但每当想起他那小心翼翼的态度时，却总有一股火憋在心里。

接下来的日子，叶子又把自己藏在她的画室了。我每天除了教室几乎没去过什么地方，然而有趣的是，我对钢管舞却产生了一种依赖。具体地说，它叫钢管技巧，与钢管舞不同的是，它的难度以及危险系数颇高，属于一种极限运动。它不仅挑战身体的力量和柔韧，更是一种突破心理恐惧的运动（但无论怎么跟张明解释，他就是不懂）。帆儿的教室除了中午和晚上有课以外，其余时间都是空着的。除了上课的那一小时，我都在教室里"混着"。帆儿要是在的话，我俩就一起训练；她要是不在，我就在教室里睡会儿，或是叫个外卖吃。总之，我喜欢赖在教室里。它像是一个避难所，可以让我暂时逃离原本乏味的生活，以及那个永远小心翼翼的张明。

两个多月过去了，我的钢管技巧水平突飞猛进，身体也有些细微变化。然而，我却全然不知，后来还是在老 what 最后营业的那晚才发现的。

那天晚上，我和张明都喝了些酒（我喜欢和他一起喝酒，只有喝完酒的他，才稍显可爱些），我们都有些伤感。我手里握着一瓶没喝完的啤酒，与他一起在筒子河边散步。在路口转弯处，我看见了一个路牌，目测那路牌杆和钢管的粗细差不多。我说，给你表演一个吧。张明说，行，来一个。我把手里的酒瓶递给他，走过去，双手在屁股兜上擦了一把手上的汗，又甩了甩双臂。

张明说："准备动作还挺像那么回事的。"

他根本就不知道我要干什么。

我右手抓住杆子，与眼睛平行，左手抓在杆子底部，右脚一蹬，大头朝下地翻了上去，做了一个完美的撑杆翻。

张明：我 × ！

我撑了两秒，下来了。又甩了一个下肩膀。

这一举动把张明给吓得瞬间醒酒了，他又恢复到那个让人熟悉、让人厌烦、小心谨慎的张明了。

首先，他清了一下嗓子。

我知道，他又要开始那一套陈词滥调了。

"我说媳妇，咱以后能不能……"

"不能，你闭嘴吧……"

张明就真的把嘴闭上了，一口将我剩下的酒都喝完了。

4

一年前的晚上，我和帆儿在老 what 喝完酒，她就在这个路牌杆上做了一个撑杆翻的动作。当时我就醒酒了。我问她是怎么办到的，她晕乎乎地说她也不知道。我当时发誓，未来我也要做出这个动作。那时的我很激动，从来没有如此渴望过想要干成一件事。帆儿给我设计了一个训练计划，我就严格按照她的计划来。一周练五天，周末休息。除了管上的动作练习，还搭配着有氧和力量训练。

第一次帆儿教我一个大头朝下的动作时，吓得我冒了一身冷汗。

我说：我会不会摔死啊？

帆儿：摔不死，求生欲会救你的。

后来，这句话一直徘徊在我耳边。每当我在钢管上觉得命悬一线时，是求生欲将我死死拉住。再后来，每当我被生活的寂寞和无聊压得奄奄一息时，也是求生欲让我重获新生。

半年过去了，随着身体逐渐的变化，生活似乎也发生了些许改变。这改变是微妙的，也是无法言说的。

我从那根杆上下来后，活动了一下用力过猛的手指，跟张明说："咱们离婚吧。"

张明似乎没听清，两眼直勾勾地看着我。

我又重复了一遍："我说，咱们离婚吧。"

"啊？"张明的表情变得有些惊讶，之后面部便开始扭曲。

说完"离婚"这俩字，我突然特别同情他。他没做错什么。

离婚这事在我脑子里已经存在了很多年，但我一直都没勇气说出来。不知道什么原因，当我从那个路牌杆上下来的时候，"离婚"这个词一下就脱口而出了，并且底气十足，像是张明做了什么对不起我的事一样。我双目炯炯有神，像夜里的浣熊。张明被我坚定的目光吓坏了。他突然意识到，我是认真的。他心中的不解和疑惑将他的嘴给堵住了，半天说不出话来。

我说："我这辈子从来没靠自己干成过一件事，小时候靠父母，结婚之后就靠你。有时候我都不知道活着有什么意义……"

后来我开始有点儿语无伦次。每次我喝完酒，说话就这样，词不达意，越说越不着边儿。其实我就想表达一个意思，我就想知道这辈子能不能干成一件事，哪怕是离婚。

张明知道我有点儿多了，但也知道我说的都是真的。我们都很无助，都帮不了彼此。在这一点上我们达成了共识，毕竟结婚这么多年，这点儿默契还是有的。

"这应该是咱们在筒子河边儿最后的一个晚上了吧？"

"可能吧。也真是巧了。"

"我真怀疑你是故意的。"

"随便你怎么想。"

那天夜里，我和张明坐地铁的末班车回家。我们坐在列车的尾部车厢，一眼就可望到头。其他车厢里零星地坐着几个低着头的乘客。我盯着杵在地上的扶手杆。张明知道我在想什么，他说，冷静啊，大庭广众之下，控制一下你自己。

我说，现在只有大庭，没有广众。这简直就是为我而设的个人舞台。

张明不敢相信自己听见了什么，力争把那小眼睛睁得很大："我看你是练钢管练出毛病了。"

我又来了一个撑杆翻。张明说，我从地铁扶杆上下来的那一刻，身上似乎在发着光。我说，那光是什么颜色的？他说，是金色的，而且特别耀眼。

他又说，离婚这事我同意。

我看着他，很难过。

"我祝福你，秦梦。"

"我也祝福你，张明。"

到站了，我下地铁。张明的面孔突然变得遥远而又清晰。

5

"我俩没什么共同财产，也没有孩子。很快就办完了手续。"我说。

"你后悔吗？"叶子问。

"也许以后会后悔吧。"

"我支持你离婚。"帆儿说。

"嗯……我知道。"我说。

"不，你不知道。其实……有一件事儿我一直没告诉你。"

"说吧。"

"你来我教室没多久，张明就来找我。他说能不能别再让你去我的教室，也别再怂恿你学钢管舞了。我说为什么，他说太危险，说你现在在备孕中，万一出现什么事故呢？况且，钢管舞这个东西，怎么都会让人和夜场联系起来。我说，那你直接去劝秦梦，跟我说有什么用。他说你不听他的。我又说，这些恐怕都不是重点，我想听你真实的想法。"

"张明确实跟我说过孩子的事，但每次也就是说一下而已，但完全没有到备孕的程度。"我说。

"我知道，如果你在备孕的话，我们怎么可能不知道？所以我才觉得这个不是他真实的想法。"

"况且，张明平时也并没有表示出，他对我学钢管舞的事有如此之大的意见。"

"你这么说，我倒是想起来了。有一次，咱俩去上中午的课，但那天我有事，上完第一节课就先走了。出门我就碰见了张明，他见着我慌慌张张的，说他正好路过这儿，就上来看一眼。"叶子说。

"张明中午来过教室？他的公司离教室有三十多公里！等一下，他怎么会知道教室的地址？我从没告诉过他，他也从来没问过。难道他在跟踪我吗？"我们面面相觑，都一时说不出话来。

"张明真的很爱你，他这辈子估计最害怕的就是你离开他。所以一直都小心翼翼的不是吗？"帆儿说。

"但我最恨的就是这一点。每当他露出小心翼翼的神态时，他都显得那么卑微。我讨厌男人卑微的样子。其实……我也不知道未来是否会后悔，但说出离婚的那一刻，真是太过瘾了。这辈子第一次干成了件'大事'。"我说。

"还记得刚才进来的那个人吗？"叶子说。

我点点头。

"那个人真的很像张明。"叶子说。

"只是长得像而已吧。"我说。

"是吗？可那人看了你好久才离开的……"叶子说。

小龙虾

1

这间钢管舞教室很大，很空旷，说话会有回音。十根被擦得铮亮的钢管立在教室中，旁边放着保护垫、干手液、镁粉和几个波形泡沫轴。斯斯和彤辛来早了，她们向前台小姑娘打了招呼，便去更衣室换衣服。她们是这间教室的老会员，钢管技巧在外行人眼中，已经相当专业了，用帆儿的话说——已经到了收费级别。帆儿是这儿的老师和老板。她们两人迅速把自己脱光，换上了运动内衣。

她们的身材不苗条，多余的肉全被挤在了运动内衣的外面，但她们却丝毫不在意，对着镜子相互展示身上的淤青和伤疤。这时候，又一个姑娘走进更衣室，准备换衣服。这是个新面孔，以前没见过。这姑娘见了只穿运动内衣的斯斯和彤辛，有点儿尴尬，赶紧躲进了更衣室的角落，把帘子拉上了。

"前两天练'超人'，大腿根儿都快磨出茧子了。"斯斯说。

"我前两天练倒立撑，肩膀又给扭了，脚背也磨破皮了。"彤辛说。

"我也是，脚背都留疤了，估计好不了了。而且你的肩膀扭了，就该休息。"斯斯说。两人语气略带炫耀，边说边走出了更衣室，开始活动胫骨，擦镁粉，准备上杆儿。这时候，突然走进来一个男人。他看上去三十多岁，头发半长且油腻，佝偻着后背，走向前台小姑娘。

"这男的不是变态吧？"斯斯小声跟彤辛说。

"不能是吧？那这变态胆儿也太大了，这光天化日，不怕我们报警啊？"

"我觉得像，谁大夏天的还穿皮夹克？你看他的腿，也太细了吧，赶上你胳膊了；再看他后背，跟小龙虾似的。"

"他不会吸毒吧？"

说话间，新来的姑娘从更衣室走了出来，那男人佝偻着身体走了进去，显得很兴奋，并与新来的姑娘打了个照脸儿。斯斯和彤辛以及新来的姑娘同时看向前台，几个姑娘迅速聚集到了一起，嘀嘀咕咕。

"怎么回事啊？他怎么就进去了？"斯斯问。

"人家是来学钢管舞的。"前台说。

"啊？同性恋？"彤辛说。

"好像不是，人家一下就办了一个半年卡。"前台说。

"咱们这儿还收男会员呀？"新来的姑娘说。

"收啊，我们也得交房租啊。"前台说。

"会不会是以学钢管的名义耍流氓的？"斯斯说。

"那这也太贵了吧，半年卡也小一万呢。你们放心，我会留意他的，万一有点儿什么风吹草动的，我立刻报警。"前台说。

"那你说他穿什么练啊？"新来的姑娘说。

"不会也跟咱们穿得一样吧？"彤辛说。

几个姑娘捂着嘴，窸窸窣窣地笑着。

"他要是敢跟你穿得一样，你就立刻报警啊，简直就是变态。"斯斯说。

这一场"秘密"谈话，瞬间让新来的姑娘融入了小集体中。

这新来的姑娘做了自我介绍，她叫小白，在一家互联网公司工作。

这时，男人穿着一条黑色的四角沙滩裤，一件黑色的跨栏背心走了出来，低着头走到了教室的一角。

2

他叫史男，三十六岁，单身，在一个照相馆里做照片后期修图。他在这间照相馆干了十年。由于常年驼背面对电脑，导致他现在再也无法挺直地站立着，并且他有严重的颈椎病和腰间盘突出，近视高达九百度。他每天重复地在做同样的事情，工作枯燥乏味，但又无力去改变什么。他只身一人，除去每月的房租和维持基本温饱的费用，额外的钱都存了起来。这些年，也存了不少钱，可他不知道这些钱能用来做什么。

史男是个早产儿，从小体弱多病。他严重贫血，肤色惨白，从椅子上站起来，经常会头晕眼花。他暗恋过许多来照相馆里拍艺术照的女孩们，都是那种身材高挑、样貌时尚阳光型的。但史男对于这些女孩来说，就像一只发了霉的臭虫。从她们那嫌弃的眼神就可看出对史男的厌恶。史男幻想着自己是她们的男友，幻想着和她们谈恋爱、吵架、旅行、做爱、分手。史男的房间里，贴满了她们修图之前的照片。"分手"过后，他会在照片上画一个叉。对着这些照片"打飞机"，算是他的一个爱好。

这天，史男向往常一样走在上班的路上，突然他看见一个长发飘飘、身材高挑，牵着一只萨摩耶的女孩在发宣传单。史男双手插兜，突然把头缩了起来，加快脚步（通常，他见到这类型女孩时，都会快速闪躲，就像见到可怕的怪兽般）。可就在这时，女孩突然把传单递给了他一张。她的手真是白皙呀，还透着一股香气。这一瞬间，史男似乎就爱上了这个姑娘。他不敢抬头看她，拿着单子就走了。他越走越快，甚至小跑了起来。可没跑几步就喘不上气儿来了。他以最快的速度，钻进了照相馆，坐在了自己的位子上，心脏震耳欲聋地蹦跳着。待他缓过来时，他将宣传单扣在了脸上，用力闻了闻，似乎那姑娘的余香还停留在这里。

宣传单上是一间钢管舞教室，地点就在附近。一个姑娘穿着运动内衣倒立在一根钢管上。这一天，他魂不守舍，一张图也没修。晚上，他躺在床上，依然在看这张宣传单。他眼前似乎有一道光，一闪而过。他猛地从床上坐起身来，做了一个决定。

3

今天帆儿的课，一共有六个学生。帆儿见了史男也有些诧异，但她还是完美地控制了自己的表情。

"请新来的同学往前站。"帆儿说。

史男低着头和小白走到了第一排。随后，帆儿便带领大家做热身准备。

热身完毕后，帆儿走到他俩面前问："你们是第一次接触钢管技巧吗？"

两人分别回答"是"。

帆儿看着史男，走到他的身后，将他的肩膀用力向后掰。

史男一开始很紧张，可到后来却疼得叫了出来。

"你这个驼背还是挺严重的，你先去压压肩膀。"帆儿说。

史男走到了教室后面，一边压肩膀，一边偷看这些姑娘们。

斯斯和彤辛开始了自由练习，彤辛继续做倒立撑，斯斯两步爬到了钢管顶端，做了一系列的旋转。史男惊呆了，被两人的动作震慑到了。他甚至不敢相信自己的眼睛，她们是怎么做到的？需要多大的力气才能将自己在高空中旋转起来？史男把手放到了钢管上，这是他第一次触碰它。它是坚硬的，也是冰冷的。他用力握了一下，身上莫名地冒出了许多汗。他看着镜子中的斯斯和彤辛，又看了看被她们身体挡住的若隐若现的自己，那么丑陋、猥琐、油腻，他突然厌恶起了自己。

帆儿走了过来："你的驼背慢慢训练会好起来的。"

"真的吗？"史男说。

"只要你努力，只要你想改变自己。"

帆儿开始教史男几个基本的舞步和上杆技巧。史男试了几次，都无法将双脚同时离开地面。

"×他妈的。"史男暴躁地骂了句脏话。

"别着急，你现在身上没有肌肉，多练几次就好了。"帆儿随便应付他了一句，就立刻去教别的学生了。

斯斯和彤辛在一旁又开始了窃窃私语，其他几个女同学，也都分别用眼神暗暗地相互交流着。史男对此毫无察觉，他仍在努力练习，也许他并没有意识到，这是他第一次如此迫切地想要学会一件事情。

一节课很快结束了，他仍是无法做到双脚同时离地。此刻，他的脚面已经开始红肿起来。女同学们纷纷走进更衣室，窸窸窣窣地在讨论着什么。史男走向了前台。

"我要办年卡。"

"你确定吗？我建议你先办一张月卡试试。如果万一……"

"没什么万一，我就要办年卡。"

"我们年卡是一万六千八。"

史男二话没说，刷了卡。

这天晚上，教室的会员群像是炸了锅，都在纷纷议论史男，并给史男起了一个外号——小龙虾。他的照片也在群里纷纷传开了。

史男决定要努力学钢管。他看了看课表，认真地规划着自己的训练时间。他从未感到心情如此愉快过，回到家洗漱后，又换上了上课的衣服，趴在地上，做开肩训练。

4

一个月过去了，谁都没有想到，史男居然可以劈叉了。史男的努力大家都是有目共睹的，这一个月里，即便是下了课，他也会趴在地上开肩或是压腿。柔韧课上，几乎所有人都在期待史男的竖叉，当他压下去的那一秒，教室里居然响起了一片欢呼声。史男当时就流泪了。然而，这仍然没有获得斯斯和彤辛的半点儿好感，反而让她们觉得史男更加猥琐了。一个男人，这么努力地学劈叉，是想干什么？他那两条干巴、弯曲的双腿，简直就像两根长树杈。

夜里，史男写了一段很长的文章，内容大意是他通过钢管舞找到了新的自己。他要感谢帆儿和柔韧老师，还要感谢斯斯和彤辛，是她们激励了自己。这篇文章他洋洋洒洒写了七八千字，甚至连他小时候被欺负的事也都涵盖在内了。之后，他做了一个文件链接，发在了朋友圈里。发出去后，他又一次哭了，然后把墙上贴的照片全部都揭下来，扔了。

小白有他的微信好友，看到文章后捧腹大笑，又立刻转发到了会员群里。小白特意"@"了斯斯和彤辛，说，看"小龙虾"还要感谢你们呢！斯斯和彤辛立刻回复道，"小龙虾"真是个神经病，又说了一些讽刺他的话。这时候，突然冒出了很多平时在群里一言不发的会员，她们开始指责斯斯和彤辛，说她们不应该这么嘲笑别人，大师兄的努力和进步让她们都很感动。于是，群里再次炸开锅，大家吵得不可开交。史男瞬间成了教室里的风云人物，上课时，姑娘们都喜欢围着他，请教他。他再也不怕看见那些穿着运动内衣、身材高挑的漂亮姑娘们了。而斯斯和彤辛在这次事件后，从会员群里退出了，再也没有出现在教室里。史男也终于被拉进了会员群。

又过了三个月，史男居然可以站直了，虽然还是有些驼背，但后背的那个大包已经不见了。这天上课，帆儿突然说下个月是店庆两周年，会请学员们表演钢管技巧、吊环和瑜伽，希望同学们踊跃参加。大家都将目光投向了史男。

"大师兄，你快报名啊！"

史男已经被亲切地称为大师兄了。

"就是的，大师兄你你参加吧，然后带着我们训练。"

史男其实比谁都渴望参加比赛，但他先假装犹豫了下，然后同意了。教室里又一次欢声四起。

参加表演的一共有十五名会员，他们几个成立了一个小"群"，每天晚上约着一起练习表演的动作。磕磕碰碰的又是一个月，身上的淤青似乎成了他们的勋章。随着店庆时间的临近，他们训练的强度也在逐渐加大。史男干脆辞掉了工作，整日泡在教室里。有一次帆儿看着史男说，不然你来我店里上班吧？史男高兴坏了，说让他干嘛他都愿意。帆儿说，你当前台得了，现在这前台小姑娘不太会来事，把好几个会员都得罪了，而且她自己也不喜欢钢管，我看你挺合适的。就这样，史男顺理成章地，每天正式地泡在了教室里。他喜欢这儿，除了训练，他会把每块玻璃、镜子和地板擦得锃亮，定期给钢管做检查，看是否有松动的情况。

店庆这天，很热闹，教室里摆了酒水、甜品，还请来了专业 DJ 和摄影师，就连灯光也做了特殊处理。这间教室足足挤下了七八十人。帆儿做了开场讲话后，就迎来了第一场表演，是四个姑娘的双人吊环表演。史男在人群中挤来挤去，不让自己闲下来，一副很忙碌的样子。但其实也没什么要他做的，只是内心的紧张无法让他停下来。终于到史男的表演了，他要和三个姑娘做钢管技巧表演。他穿了一条藏蓝色平角运动内裤，上面穿了一件紧绷的白色运动背心。他尽力将自己挺直，站在灯光下。音乐响起来了，他和姑娘们交换了下鼓励的眼神，两步爬上钢管，在空中尽情地翻飞着，迎来了观众们一阵又一阵的掌声和惊叹声。这一刻的他是那么的美，谁会想到这就是当初那个猥琐的"小龙虾"呢？

网络事件

1

不知道为什么，张思媛脑子里总是出现一个画面，或者说是一个场景：她开着车，以八十迈的速度与对面迎来的车狠狠相撞。这个场景每天都会重复一次，并有着切肤之感。骨折、头破血流之类的痛感贯穿全身，即便她从未撞过车或受过重伤。她是一个惜命且热爱生活的人，就连擦破皮都很少出现。那么，骨折及头破血流是种怎样的感觉呢？她躺在床上，已经是早上九点半了。她看了看手机，打开了直播软件，用被子遮住了一半脸，睡眼惺忪，对着手机屏幕向粉丝们眨眼睛，这是她向粉丝们说早安的一种方式。昨夜，她的粉丝数量又增加了五百个人。十分钟过后，她关了手机，下线了。之后她环顾了下房间，思索着，今天要直播些什么？

张思媛是黑龙江人，具体是黑龙江哪个村子的，她谁也没告诉过。她有八分之一的俄罗斯血统。她长得其实挺好看的，眼睛大，鼻子高，身材也很好，唯独气质和审美品味差了些。但作为女主播，谁会在意这些事？手机的美颜和修图软件会将其不足完美掩盖。被手机滤镜软件打磨过后，她就是一个集青春可爱、优雅气质和完美身材于一身的漂亮姐姐。她是主播届的元老，也是一个超级网红。

她是怎么红起来的，这挺难说，也挺莫名的。起初，她是吃播的主播，所谓吃播就是直播吃饭的。她把手机架在餐桌上，面前摆一些再普通不过的饭菜，她慢慢悠悠地吃，偶尔会和观众们互动下，评价下饭菜的口味。有时她吃一个下午，观众们就不厌其烦地看她一个下午。就连她自己也没想到，吃饭竟会是一件如此受欢迎的事情。随着吃播粉丝量的增长，她逐渐把饭菜的档次提高了，由家常便饭改到了餐厅里，有时候去川菜馆子，有时候去粤菜馆子。偶尔还会叫几个朋友和她一起录。内容上有了改进，粉丝量自然也就逐渐上涨。粉丝们会送她礼物，少则十块二十块，多则上百上千块。这样算下来，每月也会有个小几万的收入。这对于张思媛来说，简直都快被钱给拍晕了。

于是，张思媛对待直播这件事，越来越用心，把它视为一种正式工作来看待。她仔细研究网路上的各大直播平台和直播网红的内容，又将自己的直播范围扩展了些。她走哪录哪，就连坐地铁也会一直举着手机。观众们喜欢她，也喜欢看她再平淡不过的生活。一次，她正直播时睡着了，手机就一直开着，足足录了三个小时，后来由于内存不够和电量不足，关机了，等她醒来再翻看手机时，发现粉丝量再一次暴涨。

"小姐姐睡觉时真好看。"

"小姐姐不要着凉哦。"

"你的眼睫毛好长呀。"

……

这些粉丝留言有男有女，年龄不详。这一次的睡觉直播，让张思媛获得了五万块钱的收入。就在这时，她又有了一个奇思妙想。

2

张思媛本命叫张大丫，张大丫从小就喜欢表演，喜欢唱歌跳舞，小时候在村子里是跟着师傅学二人转的。她的天资很好，师傅很喜欢她。长大后她考到了北京一所艺术院校里学民族舞，毕业后留在了北京。她给自己取了一个新的名字——张思媛。以前之所以叫张大丫，是因为她一出生的时候脚就格外的大，十七岁的时候，就要穿四十一码的鞋了。她一米六八的个子，却有四十一码的脚，虽然说算不上什么缺陷，但作为一个舞蹈演员来说，比例确实有些怪异。

她从东北到了北京，从张大丫变成了张思媛。无论走到哪，穿得再怎么像个城市人，但只要拖着那双大脚，她就是张大丫。

由于她的大脚，张思媛毕业后一直找不到工作，无论是舞蹈剧团还是舞蹈工作室她都去面试过。人家一看到她的脚，都觉得比例不好。人长得倒是挺好看，身材体型都不错，可是往那一站，就是觉得有点儿怪。后来，她又去了一家幼儿舞蹈班面试，这才勉强算有了工作。但工作了两个月，她还是辞职了。她实在不喜欢小孩，两个月已经耗尽了她所有的耐心。

想要在北京继续待着，总要有一份工作，否则就得回村里继续当二人转演员。一天晚上，她走到后海酒吧一条街，突然在一个落地玻璃窗外，看见里面有人跳钢管舞。她觉得挺有意思，这种东西以前只在电影里见过。她走了进去，点了一瓶啤酒，坐在了舞台旁边，盯着那个跳舞的女孩。不过，那女孩一看就是在糊弄事儿，肯定也从没学过什么舞蹈。只是一直围着钢管随便扭动。她想：这也许会是个不错的挣钱方法。那女孩儿下台后被两个保安护送到了后台。张大丫又想：这样的工作真是既轻松又安全。

第二天，她在网上开始寻找钢管舞教室。就这样，她来到了帆儿的教室。

张思媛的存款不多，是曾经在学校读书时，利用假期回老家表演二人转攒下来的。教室的会员卡费用对于她来说，简直已经贵上了天。她思来想去，还是办了一张三千块钱左右的季卡。张思媛对钢管舞的认识，仅限于在电影里和那晚后海酒吧里表演的那种程度。她认为自己三个月就能出师。然而，帆儿的教室着重于钢管技巧，这是一项极限运动，危险系数极高，并且对身体素质也有颇高的要求。张思媛完全没有做好心理准备。

上第一节课时，张思媛就被老师的热身运动给累垮了。接下来的课程更是让她措手不及。她虽有过四年专业的民族舞训练，但对于这项极限运动来说，完全是两回事。她坐在地上揉搓两只快磨出水泡的双手和双脚，抬头看着钢管顶端那些能把自己旋转起来的学员，突然对钢管有了种敬畏之心。她越看越觉得有意思。

三个月的季卡钱不能白交，练习钢管技巧成了她的主要任务。于是她每天刻苦训练，希望早日出师。张思媛四年大学还是没有白上的，短短三个月时间，她的钢管技巧水平几乎和老师不相上下了。

3

正当她准备去酒吧面试的时候，主播这个职业突然在一夜之间冒出来了。这一行业的出现，让张思媛产生了一个幻觉——她的命运将从此改变。

这天晚上，她捧着手机刷了一晚上直播，觉得极其无聊。

直播内容无非就是吃饭、美妆，毫无技术含量。可下面的粉丝却前呼后拥，不断给主播送五块十块的礼物。张思媛开始好奇了，她仔细算了一下，一个小时内，主播竟收到了两千块钱的礼物。她一边刷手机，一边思索着，准备自己也试试。就这样，张思媛开启了她的主播之路。主播做了短短几个月，收入竟达到了数万元。张思媛又想，如果想要粉丝量再一次暴涨，继续直播日常内容，恐怕会很难。

接下来，张思媛的奇思妙想就是要直播钢管舞的平日训练。她再次到了帆儿的教室，办了一张只有六节课的次卡。对于现在的她来说，钱已经不是问题了，之所以办了一张次卡，是因为她不确定粉丝是否对其直播内容感兴趣。她要先试探下。第二天，她带运动内衣来到了教室。她占了一个角落的位置，把手机放到了一个隐蔽、只可录到她自己的位置上，开始直播。上课时，她动不动会和粉丝互动，以及跟踪浏览量。效果让她非常满意，仅仅这五十分钟的直播，让她赚到了两万块钱。

六次课的直播，让她赚到了十万元。紧接着，她又在帆儿的教室办了一个月卡。张思媛知道，粉丝对钢管直播的热衷度也就一个月左右。一个月后，她就要继续另想其他新鲜、更能吸引眼球的内容了。可就在这一个月里，发生了一件事。在一次上课时，由于她做的动作幅度过大，整个胸部从内衣里蹦跳了出来。粉丝们先是惊呆了，纷纷截屏。还有一名粉丝，疯狂送给张思媛近十万块钱的礼物。张思媛立刻从管上蹦下来，整理好自己的衣服，看了下手机。接下来的十几分钟，她的心情有如坐过山车般。先是浏览量的暴涨，粉丝数量也在持续暴涨，她频频收到上万元的礼物。正当她快被礼物"砸"晕时，她的账号突然被查封了，原因是有裸露内容，涉黄。收到的礼物也瞬间被没收了。她知道这种事在所难免，重新再申请一个账号，或是另寻其他直播平台即可。反正她有庞大的粉丝量，换去哪个平台都一样。她打开微博，准备写一个更换账户的申明。可就在这时，微博上出现了她的大量不雅照片，人们纷纷在照片下面留言，内容不堪入目。

张思媛把自己关在家里，一个星期没出过门。走光事件让她想去自杀。直播生涯算是到头了，那么接下来，她在这个城市还能做些什么呢？难道要继续学钢管，到一个酒吧里去表演吗？又或是回到村里继续表演二人转？她又想到了那天晚上，在后海酒吧里看到的站在台子上表演钢管舞的那个姑娘。她从未如此绝望过。

这个世界就是如此疯狂，而这种疯狂却淋漓尽致地体现在了张思媛的身上。在她觉得人生走到尾声时，来了个电话，是朋友给她发了个视频，她在另一个直播软件上，因为那段走光视频而红了。这段视频被人剪辑过，裸露的内容已被减去，并且拼接上了大量钢管技巧和之前当邻家小妹妹的视频。两者的反差，让她再次走红。各大网站纷纷来了邀请，甚至"时装周"也要邀请她去。

张思媛竟然从此走出了国门，登上了国际舞台。在某一次的国际时装周上，她代表中国网红接受采访时，一个男人突然冒出来大喊："你是张大丫？"那男人把脸突然凑上去，使劲看了看，又低下头瞧了一眼她的大脚，说："没错，你就是我们村的大丫！我认得你这双大脚。"张大丫无力反驳，在场的记者蜂拥而至。

猴子文身

庞大奔

在看守所的这三年里，张卓看过我两次。这两次相隔的时间是八个月零十二天。第二次她来的时候气色明显好多了，头发已经从干枯的土黄色恢复成了黑色，并且光亮顺滑。如果我当时双手没上手铐，真想把十指插进她的发丝里感受一下。她的穿衣风格也变了，从几十块钱廉价的雪纺连衣裙变成了有质感的纯棉衫，再加上一条牛仔裤，富有活力，像个大学生，而又不是当年上大学时的她。那个时候，她头发经常遮住脸的一半，趴在宿舍阳台上抽烟，我就是喜欢她那副假装冷漠的样子，特别性感。但跟我结婚后，一切都变了。她变成了愤世嫉俗、说三道四的婆娘。突然觉得这些年我挺对不起她的，是我让她变成了这个样子。

她来看我的时候跟我说她又结婚了，跟了一个香港人，祖籍是福建的。她明天就要离开北京，带着丁丁一起走。她现任的丈夫是个生意人……后面的内容我没再仔细听。我们各自拿着电话或是对讲器似的东西，隔着玻璃说话。当张卓在述说她现任老公时我走了神，那些跟我一点儿关系也没有。我看着她两片鲜红的嘴唇一张一合，特别想哭，但我还是忍住了。因为我知道这有可能是我们最后一次见面，我想让时间永远停驻在这一刻。她说她这一走不知道什么时候能回来了，她和丁丁准备去香港定居，她和丁丁都很喜欢香港。我笑着点头，说挺好的。于是我们便陷入了几秒钟的沉默，我看了一眼张卓。她低着头，鼻尖和眼圈都有点儿红。然后她说，你多多保重，我走了。我点点头说，你也是，多保重。那次确实是我最后一次见到她。

事实上，在我们离婚不久时，张卓就为我进过一次派出所。而我是为了一个陌生女孩进来的。那次也是我这辈子第一次进派出所，在不知所措的情况下，我下意识地把电话打给了张卓，那时候我依然认为她是我唯一靠得住的亲人。而随着时间推移，记忆却被一点点地涂抹掉了。那个女孩也逐渐在我记忆中一点点褪色。先是她的声音，再到她的面容，都变得模糊不清，像被泼了水的铅笔画一样。

那是我第一次进派出所，派出所远没有我想象的那样神秘。只不过是一个简单的办公室，里面有几张办公桌而已。被打的男人坐在另一张桌子旁，一边抖着脚，一边擦着鼻子里的血。这一动作显然是表演给警察看的，他不时往地上吐着带着血的口水。抖脚这个动作让我越发地想揍他。另一名警察实在看不过去了，对着被打的男人说："别往地上吐了，都知道你嘴里有血。这是公安局，请你注意点儿。"被打的男人斜眼瞪了我一眼，从鼻子里发出"哼"的一声。

民警同志拿着纸笔问我："说说吧，因为什么动手打人？"

我舔了舔嘴唇，低头不作声。我不知道该对民警同志做何解释。如果我说我是在跟踪一名女孩的时候，发现此男子在公交车里偷一个女孩的钱包，而当我为此暴揍他一顿后翻他的兜时钱包却莫名地不见了，那民警同志一定会认为我是个跟踪狂，并且会问我为何要跟踪那个女孩。可是面对警察那铁面无私的表情，我又无法现场编造一个理由。如果现场编造的话更危险，因为会被迅速拆穿。

民警同志见我没反应又问："快点儿说！"

"不为什么。"我脱口而出。

"不为什么？那你把人家鼻梁骨打断了，又掉了两颗后槽牙。你知不知道，这算是轻伤，要负法律责任的。"

我点点头。民警同志大概见我的态度不错，没往地上吐痰又没抖脚，对我相对宽容些。或许他也知道这事里面另有隐情，所以没再难为我。

"不然这样，你给我五万块钱，现在就要。咱这事就算解决了。"那个被打的男人说。

我突然松了口气，原来他只是想要钱。那这事情就好办了。

"我能去打个电话吗？"我问。

民警点点头，示意让我快去快回。我一边走出审讯室，一边掏出手机。我想都没想就给张卓打了电话，在这个时候我已经忘记我和张卓已经离婚了这件事。张卓知道我出事了，带着五万块钱赶到了派出所，这事就算解决了。解决得如此迅速洒脱，我想这事那女孩永远也不会知道的。走出派出所，张卓没仔细追问是怎么回事，只是说了句："以后别再惹事了，都这么大人了。"

我点点头："一起吃个饭吧，我请你。"

"不了，我还有事呢。"她一直看着手表，没看我。表带把她手腕上的紧箍儿文身遮挡得严严实实的。

"钱我下个星期还你。"

我记得当时张卓什么也没说。我站在原地，看着张卓挥手打了辆出租车，一溜烟儿地消失在了车水马龙间。当时，我挺纠结还钱这事的。即使是再过一个月，我肯定也拿不出这五万块钱。但作为一个男人来讲，怎么能要女人的钱呢，何况这个女人还是你前妻，跟你已经没有关系的女人。但是她不说话是怎么个意思呢？从她那块价格不菲的手表和臂弯间那个香奈儿的包来看，她应该已经不缺这点儿钱了。最后，我们也没提起过那钱的事。是否还给她了，我也记不清了。在看守所的时候，我一遍又一遍地回想着，究竟是哪里出了问题。我怎么会落到今天这个地步呢？我突然意识到，我迟早都会进来的。从家门口的超市开业起，我就注定要被关进来的。

北京闷热的午后，知了撕心裂肺地在树上鸣叫着。小区的看门大爷打着瞌睡，来来往往下班回家吃饭的住户也逐渐变少。大地被烘烤得快要冒烟了，整个世界好像除了知了外，全部的活物都快被烤化了。中午十二点半左右，每个角落都死气沉沉的。我赤裸着汗津津的上半身，躺在小卖部的摇椅上昏昏欲睡，然后慵懒地站起身，打开冰柜门拿出了一瓶冰镇燕京。就在我准备往嘴里倒的时候，张卓抱着丁丁冲进了店里。她见着我手里的啤酒，松开丁丁的手就冲到我面前，一把抢了过去。丁丁立刻藏在了小卖部门后，露出一只眼睛偷看着我们。

"除了喝酒，你还会干什么？"由于当时周围是死一般的寂静，所以张卓的声音显得特别大，有点儿震耳欲聋。

"这不现在店里没生意嘛。"我说。

"孩子病了，上吐下泻的，不知道吃坏什么东西了。"

我看了眼在门后的丁丁，脸色惨白。

"那赶紧带他去医院看看。我给你拿点儿钱。"我立刻转身，拉开抽屉，一看今天才赚了二百块钱。我把所有零钱拿出来，又跑到另一个柜子前，拉开抽屉，拿出了一个信封，我数了下里面的钱，拿出了三张一百的。我犹豫了下，又抽出两张一百的。张卓不耐烦了："你好了没有，拿点儿钱还那么磨蹭。"

我两步蹿到她面前说："给你。"张卓用手捻了下，便领着丁丁走了。

晚上，待丁丁睡去。我和张卓在客厅里看着《法制中国60分》，声音开到最小，近乎听不到。电扇来回摆动，发出"嗡嗡"声。家里，除了这声音便是我们两人沉闷的呼吸声。我清了下嗓子：

"丁丁怎么样了？"

"医生说是食物中毒。"

"那今天的医药费……"

张卓瞪了我一眼："你就关心医药费。"她停顿下："都花了，全部都花了，一分不剩。"

"现在看病怎么那么贵？"

"这个月店里的利润有多少？"

"没多少……"我们两人又默不作声。张卓拿起遥控器，关上电视，回到丁丁的房间。电风扇依然"嗡嗡"作响，我两眼直勾勾地盯着漆黑的电视屏幕。这电视屏幕像是个黑洞，深深地吸着我的眼球。屏幕上映出的自己，连我都心生厌烦。

第二天，张卓把我约到了附近的咖啡店，这是我们结婚以来第一次到这种有点儿情调的地方。

由于中午店里有人送货，我迟到了十分钟。张卓坐在靠窗的位置，面前放着一杯咖啡。来这种地方，一杯咖啡大约要四十块钱左右。她一手托着腮，看着窗外。我有种不祥的预感。我坐下后，张卓没有埋怨我的迟到。服务生殷勤地把菜单递到我手上，上面没有低于三十元的。我随即点了一杯热水，便把服务生打发走了。张卓一直低着头，用一根精致的小勺搅动着面前的咖啡。

"什么事呀？这么郑重其事地到这种地方来。"

她抿了下嘴唇，还是低着头搅动着咖啡。

"咱们离婚吧。"说完，她终于抬起了头，那个眼神像是在恳求我。

说实话，当时我并没有感到十分诧异。这种结果我早就想到了，只是没想到发生的会如此之快和平静。我以为我们会大吵一架，或是大打出手后提出离婚。

"房子你接着住，我不要。丁丁我要带走。"这一切她早已经想好了。

我一个字也没说，也不知道该说什么。我知道，此时此刻我已经挽留不住他了，也没有任何东西能挽留住他们。但我又不想点头，只好这么干坐着。服务生端上来了一杯滚烫的热水，这水烫得我连碰都不敢碰一下。我像尊石像，盯着热水。此时要是有一杯冰水就好了，我可以把水一口气灌下，说不定会想出什么话来。由于这杯滚烫的热水，我显得那么窝囊。

"离婚协议书你来写吧，网上都有格式。我的条件只有一个，丁丁属于我。至于抚养费，你就看着给吧。给多少我都没意见。"张卓说。

"那你们住哪？"

"我们有地方住的。"说罢，张卓在桌子上留下了五十块钱，便离去了。

晚上，我回到家的时候，张卓已经带着丁丁搬走了，搬到了一个我不知道的地方。就算知道了也没用，自从小区门口开了超市，并且超市还负责送货上门这一项服务开始，这一切就注定迟早要发生的，只不过它比想象中的要来得更快些。我坐在电脑前，百度了下离婚协议书的格式。离婚的原因：夫妻因性格不合感情破裂。我把百度上的原话复制粘贴，因为这都不是我的真实想法。写到财产分割和子女抚养权的时候，我停顿了。我把丁丁的抚养权写到了自己的名下，把财产写到了张卓名下。我看着这两行字，觉得屏幕渐渐模糊了，然后越来越模糊，什么都看不清楚，整个屏幕、屋子、小区、整个世界都混沌一片。我在房间里转悠了一圈，房间被张卓收拾得一尘不染。她从来没这么认真地打扫过房间。我坐在床上发着呆：以前，张卓是多么邋遢，比丁丁还邋遢。家里的地板和碗筷从来都是我收拾的。哼，她就是连被子都不知道叠起来。我跟她说过很多次，床上乱糟糟的会影响运势。你看张卓，我的话灵验了吧？旁边的小超市开起来了，我们的小卖部即将倒闭，就连婚姻也完蛋了吧？当初你要是把床铺收拾得干净点儿，这一切都不会发生的，都不会发生的。还有，厕所的地上总是一堆你染得黄黄的头发，尤其是每次洗完澡，掉在地上的头发尤其多。我也不敢骂你，因为店里的生意不好，总是挣不到钱，我还有什么资格骂你呢。我就只能跟在你屁股后面捡你黄黄的头发。每当那个时候，我就在心里诅咒那个小超市。还有厨房，所有的厨具和瓷砖都黏糊糊的。真不知道还会有谁家里的厨房会比咱们家的脏。现在可倒好，你把家里收拾得这么干净，让我怎么办呢？真怀念那个脏兮兮的家。

想到这，我突然站起来，打开衣柜大门，她和丁丁的衣服都不见了，只挂着三两个衣架。衣柜里面有个上了锁的小抽屉。那个小抽屉是我和丁丁的秘密。丁丁把平时考试不及格的卷子全藏在这个抽屉里，如果要是让张卓知道他考试不及格，丁丁一定会挨打的。可是我不会，我觉得考试不及格是很正常的事。我在大学最后一个学期的时候就被强制退学，退学后便有更多的时间追求张卓了。虽然大学肄业，但是每次回想起那个时候，我都觉得无比美好。我希望丁丁也有个美好的青春，但是绝对不能出去打架，也不能大学肄业，这样以后就不用开小卖部，也不用和媳妇儿离婚了。我拿出小钥匙打开抽屉，捧着丁丁的卷子，看着上面歪歪扭扭的字，说了句：真不愧是我儿子。然后卷子上的字也模糊了。

拉拉

自从我任性地把工作辞掉以后，就再也没有周末了，因为对我而言每天都是周末，也都不是。导致我无法继续上班的原因是我无法忍受领导和精力不能集中。坐办公室就像坐监狱。有几次，看着领导那张肥头大耳的脸，真想上前狠狠地抽他几巴掌。那种场面我幻想过无数次，我想骑在他脖子上用电脑线勒死他。他凭什么让我加班到后半夜？凭什么指使我去陪客户吃饭？记得有一次，他在办公室里叫我过去，他眼皮也没抬一下，说："去，帮我倒点儿水来。"我瞪了他一眼，拿着杯子走到了饮水机前，接了一杯滚烫的热水。当他看到是热水时，却气愤地说："你是想烫死我啊！这么热的水，你喝给我看看？"我只好又去给他接了一杯温水，我紧紧地攥着这杯温水，看着自己的倒影顿时心生厌恶。我很自然地做了一件我自己都想象不到的事情——我往杯子里吐了一口口水。口水的白色泡沫浮在水中，迟迟不肯散去。其实，我也不是真的想让领导喝下我的口水，只是当时，那一瞬间似乎不是我在吐口水，而是有个隐形的力量迫使我这么做的。我赶紧把水倒了，又接了一杯温水。但我心里还是有些忐忑，害怕他看到刚才那一举动。我厌恶他，不是因为他是我的领导，而是因为他是男性，并且是体态偏胖的男性，这个是最令我感到恶心的。所有体态偏胖的男人都令我感到恶心。半年后，在我没有找到下一份工作的情况下，我终于决定辞职了，我知道这是个冒险的决定。让我做出这个决定的第二个原因是，我总是对着电脑发呆，每每发呆的时候，脑袋上就好似套了一个紧箍咒一样。领导就坐在办公室里，默默地对着我念咒语。我头痛欲裂，很想把电脑砸到领导的脑袋上，所以最终决定辞职了。经过长时间的自我观察，我觉得我病了，便在网上订了一本有关心理疾病的书。书上说，我这是抑郁症的前兆。抑郁症对我来说并没有那么可怕，当今社会谁没有点儿抑郁症？真正让我感到害怕的是上个星期六发生的事。

那天晚上，当我准备躺下睡觉时，小米突然跑来找我。她说和男朋友吵架，心情糟糕透了，想让我陪她去苏州散心。恰巧我也闲来无事，便愉快地答应了。她在我家里待了一个小时左右，我们窝在床上。她向我控诉着男朋友的种种不是，并决定从苏州回来后立即分手。我说，明天一早我去准备些路上吃的零食和饮料，中午出发去火车站。由于我们只去三天，所以并不需要收拾很多行李。第二天一早，我取出旅行书包，捡了几件衣物塞了进去，切断所有电源，关好门窗，又去门口的超市买了薯片、巧克力、饼干、鱼片和饮料。当我正准备出发、打电话给小米时，她在电话另一头嗓音沙哑，像是还没睡醒。

"拉拉……这么早什么事？"

"什么事？我还想问你呢，你怎么还没起床？我已经买好吃的准备去火车站了。"

"你要去哪？"

我背着双肩包，手里提着两个被食物装得满满的袋子站在马路旁，彻底傻了眼。耳鸣盖过了整个城市所发出的一切声音，唯独我的心脏有规律地怦怦地发出巨大响声。梦境真实得如此可怕。今早当我醒来时，床上还留有小米的余味。她说话的声音和我当时知道要与她一同去苏州的心情都记忆犹新。这一切都太像是真的了，我感到前所未有的恐慌和无助。小米又打来电话。

"你刚才说要去火车站，你要去哪？"

"我……好像搞错了。昨晚做梦，梦到……"我说着说着就再也说不出话来了，站在马路边上像个傻子一样地哭着。

"到底发生什么了？你现在在哪儿，我去找你。"

费了好半天的力气，我才从嘴里蹦出几个字来："我现在回家。"

回到家后，我冲了个凉水澡，希望可以冷静下来。后来小米又给我打了几通电话，我都没接。我打开电脑查阅了下有关资料。上面说这样的情况是正常的，梦是潜意识层面，所谓的"日思夜想"也是这个意思。有可能想出去散心的人是我，而在梦里却变成了小米。也许，我真的应该出去散散心。我把自己横在床上，看着地上的两袋子零食和那个没有装满的旅行包，笑出了声，这笑声又突然让我觉得毛骨悚然。为了不让小米担心，我给她发了信息：我没事，可能最近太累，状态不好。

最终，我还是决定出门远行一次。小米最近没有假期，在北京的朋友也只有她一个人，一个人的旅行也未尝不可。可是在此之前，我决定去看一次心理医生。折腾了一早上，我不知不觉又睡着了。

所谓的心理医生其实就是精神科大夫，但我更喜欢"心理医生"这个叫法。我尽量保持一个平和放松的心情，不想对医生隐瞒我所经历过的事情以及我最真实的想法。我想对医生表现出一个真实的自己。可这并不容易，我需要费很大力气才能做到，这不是我的强项。我推开门，诊室与我想象中的样子大相径庭，里面没有电影中那样舒适的座椅，也没有落地窗和各种绿色植物。这里和其他的诊室没什么区别。同样的白炽灯管，一张简易的白色木头桌子，就像看感冒发烧或是看妇科病的诊室一样普通无趣。白色的墙壁，白色的桌子，白色的瓷砖，白色的窗帘以及医生的白大褂，甚至连她的脸也是煞白的。这一瞬间，我决定将之前的想法暂时收回。

医生是个五十岁上下的中年妇女，体态纤瘦，岁月一点点地带走了皮肤里原有的胶原蛋白。这个年龄段的妇女往往都处于更年期，见了我这种女孩，恐怕会认为我是个叛逆的无知少女。我拉开白色木头椅子，坐下。医生推了下快要从鼻梁上掉下来的眼镜，拿起笔来，准备记录我下面所说的话。我如实告诉医生我工作上的诸多不顺，为何离职，又详细描述了那个梦境与现实混淆的周六早晨。从始至终，医生只问了我两个无关紧要的问题。她低着头，像是在给我做口供。

我讲述了大约半个小时，当说完最后一句话时，觉得这是我一生中做的最糟糕的一个决定。我为什么会来这儿，简直愚蠢到家了，比那个周六的早晨还愚蠢。整个房间里除了白炽灯发出微弱的吱吱声，便是我轻微的耳鸣。我坐在椅子上，等待医生开口说话。这真是一个漫长的等待，与此同时，我一点儿也不期待医生的结论。她的结论无非和网上说的一样。她清了下嗓子，终于开了口。

"现在像你这样的年轻人有很多，大多都是工作压力大所造成的。听你的口音应该不是北京人吧？"

我不耐烦地点点头，不出我所料，她的开场白果然是废话。

"现在的北漂压力都大，你应该有个良好的作息时间和生活习惯，保持一周四次的户外活动来调整一下自己。"当她脱口而出这句话的时候，她看也没看我一眼。这有两种可能性。一是有太多像我这样的人去找心理医生，医生已经见怪不怪了。二是，她说的时候可能是心虚，现在就连傻子也知道雾霾天的时候要关窗在家，并且开着空气净化器，或者出门时戴上口罩。虽然口罩看起来并不怎么管用，但至少能图一个心理安慰。医生难道不知道，一星期之内可能有四天的明朗天空吗？但我当时也没有反驳她，只是点点头，因为医生在这一个半小时内对我一点儿帮助也没有。医生往后的废话，我一个字也没记住，她给我开了一些褪黑素，说如果效果不佳，再去找她开其他药物。看过精神科医生后，我的精神状态更差了。

我提不起精神，每天浑浑噩噩，经常被耳鸣尖而响亮的声音吵醒。有时一天过得很快，有时却觉得无比漫长。我越来越不相信我的记忆，记忆变成一块块碎片，四处飘散。

我决定独自旅行一段时间，云南大理是首选的地方。记得小时候爸妈曾带我去过一次，那里的景色并没有给我留下什么特别印象，只是觉得水果格外香甜，尤其是葡萄和杨梅，和北京的完全不一样。我的老家在东北，那就更不用说了。长大后，我也去过几个南方城市，但水果都没有大理的好吃。我在网上订了单程机票，明日启程。在走之前，我把家中仔细收拾了一遍，希望回来后是一个全新的我，生活要重新开始。

庞大奔

在这里，所有的犯人都顶着一个光秃秃的脑袋，穿着一样的浅蓝色制服，吃着一样的饭，看着同一片天空。我的狱友同样也是强奸犯，他进来已经一年了，还有三年才能出去。我们都犯下了同样的罪，可我知道我们本质上是有区别的。他对我说的第一句话就是——我已经快忘记外面的生活是什么样儿了。我想，一年以后我也会变成他那样的。在这里，我每天写日记，可记录的都是以前的生活。我把我和张卓从认识到现在写得很详细，这些事情我都记忆犹新。甚至连上大学时发生的事我都记得一清二楚。可写到我为什么会在一个夜深人静的夜晚，试图强奸一个女孩的事时，我却含糊了。只是浅浅地记得那是夏天的一个夜晚，张卓带着丁丁离家已经有一段时间了，我和张卓也正好办完了离婚手续。我把我唯一的营生——家门口的小卖部也盘出去了，就在那一天的早晨。盘店铺的钱有一大半我给了张卓和丁丁。这一切的发生都是注定的，我能有什么办法？

　　这是一个没有公平的社会，在灾难面前，我连选择进退的权利都没有。我恨透了这一切，也恨透了我自己，可唯独不恨张卓。我曾经所拥有的一切，就在今天彻底地消失不见了，小卖部没有了，我只能坐在马路边上感受这炎夏。这酷热的夜晚连一丝风都不肯刮，多么操蛋的夜晚。我需要有一个人坐在我旁边听我诉苦，最好他能被我打一顿。恰巧雷俊来了电话，叫我去一起去喝酒。可电话那一头的他已经酩酊大醉了，我过去无非是帮他善后而已。这种事已经发生过不止一次了。我挂了电话，想把手机扔出去。可手刚扬起一半我又缩回来了——我连扔个手机的勇气都没有。我把自己大汗淋漓的脸已经憋成了紫色。一个女孩从我面前走过，四下里安静得只有她的高跟鞋踏在地上的"嗒嗒"声。我默默地听着这声音，突然间就扑了过去。我疯狂地扯着她的头发、她的衣服。她就像一只柔弱的小野兔子般无处可逃。

在写这段日记时，我隐约回想到，当我把裤子脱到一半的时候我应该是哭了，而且越哭越厉害，上气不接下气，以致让那女孩一溜烟儿地跑了。我站在原地喘着粗气，耳畔一直嗡嗡作响。我迅速把脸上的所有液体擦干净，可是胳膊、衣服上早就已经湿透了，怎么擦也擦不干净。一阵凉风吹过，觉得精神多了，身体也轻飘飘的。

那女孩头也没回地拼命地跑走了。我看着她的背影一点儿也没觉得我做了一件伤天害理的事，反倒觉得是我给她上了一课似的——这就是你大半夜不回家的代价！这个社会是很危险的，哪有那么多的好人？

在心情舒畅了些之后，我用双手把湿漉漉的头发往脑后顺了下，便往回家的路上走。刚走到小区门口，我听见有人在哭。四下里找了一圈，原来是个女孩。她蹲在棵小松树下，把头埋在自己的怀里一个劲地哭。我突然反应过来，她就是刚才我试图强奸的那个女孩。我没多看她一眼，径直回家了。到家后我并没有急着开灯，而是走到了窗前。那女孩还在那棵小松树下。我用鼻子哼了一声："至于吗？又没怎么着！这点儿委屈都受不了，以后怎么在社会上混？"我拉上了窗帘，准备洗澡睡去。我突然对这女孩产生了兴趣，我光着身子从厕所跑出来，动作娴熟地拿出了望远镜，躲在窗帘后面向下望。可那女孩已经不在那里了。而此刻，对面那栋单元楼的一层却亮起了灯，我清晰地看见，一个女孩正在拉上白纱帘，没错，就是她。

我经常躺在床上看着我的猴子文身，如果当时没有被那女孩看到，我也不会来到这里。我一点儿都不恨这只小猴子，反倒感谢它。

我的那位狱友经常躺在床上自我忏悔，并且每次的主语都是"我们""我们"的。即使从始至终我都不认为我们有相同之处，但我一次都没有反驳过他，只是静静地听着。从他那副诚恳真挚的表情上来看，我想他真的是无比悔恨当初的所作所为。我从来都不认为我对那女孩做错过什么，之所以选择进来是因为生活对我来说已经毫无意义了。我早就厌恶了每天偷窥的生活，可我就是停不下来，就像吸毒成性的瘾君子。每天躲在屋子里，像寄生虫一般的日子我早就受够了。当然，在看守所的日子并没有更好，但至少可以让我体验另一种生活。

光秃秃的脑袋让我看起来真猥琐。

这三年过得很漫长。日记本有薄有厚，足足写了二十本。可惜在我临踏出监狱大门的时候，全都销毁了。因为这里规定，不能带出有任何文字记录性的东西。真是可惜！

拉拉

为了节省开支，到了大理后我找了家当地民宿，每天只要五十块钱。房间里可以住四个人，床是上下铺，很像是大学宿舍。房间里有两张桌子和一台电脑，地面墙壁都很干净，洗漱用品则要自行准备。公共盥洗室在走廊的尽头，全天有热水供应。拉开窗帘便可以看见苍山，这样的住处我很满意。民宿位于大理古城区人民路上。这条著名的街道聚集了全国各地形形色色的伪文艺青年。从民宿往北看去，是一条上山小路。小路两侧是琳琅满目的商铺，而路的尽头便是苍山。不知是否因为光线太美的缘故，一切看起来都那么恍惚，那么虚幻。

中午，当我拿着汽水坐在洱海边噗噗地往玻璃瓶里吐气时，一个骑着红色电动三轮车的男人与我搭讪。听口音是北方人。他的头发卷而浓密，留着一脸络腮胡，面相温柔，看上去像个似曾相识的人，一个许久不见的老朋友，有种说不出的亲切感。

他说他是个画画的，四海为家，走哪算哪，靠画肖像赚钱。有人管他叫艺术家，可是他一点儿都不喜欢这个称呼，觉得特别矫情，他觉得自己是一个特别没有创造力的人，也就是模仿能力比别人强一点儿，所以称不上是艺术家。他还说，他叫万晓利，想带着我游大理。

我坐在三轮车里说，洱海没有我想象的那么风景宜人，在我看来只不过是一片稍微大点儿的湖而已。

准确地说，这里的一切都不吸引我，我对任何事任何景色都提不起兴趣来。为了逃离北京，我选择了大理，以为这里可以给我带来希望和平静，但后来才发现无论我逃到哪里都摆脱不掉我对现实的恐惧。即使是走到天涯海角，对我的精神状态来说都无济于事。就像厌食症患者拒绝一切食物般。万晓利将三轮车速度放慢，好像是叹了口气，他并没有接着我的话题继续说。他一边讲着有多少无知文艺女青年因为郝云的一首歌就跑来洱海寻找爱情……

我想，他或许和我一样。

傍晚的洱海像是上了一层水墨之色。我们便分手各自回到住处。他说天黑了以后要去街边画画，他想为我画一张肖像作为纪念。这是我最后一次见到他，他就这么消失了。他的来去都很突然，我并没有因此而生气，反倒对他羡慕不已。而就在我回京不久，收到了万晓利从西双版纳寄来的一封明信片。他并没有对他在大理的突然消失做任何解释。我不时回想起那个夜晚坐在印度熏香店前，看着夜中苍山连绵起伏的轮廓，山间茶舍伴着清茶味的微风掠过指缝间的温柔，人民路上仰望被雨水刷洗过湛蓝辽阔的天空。只是，无论我怎样回想，万晓利的脸依然模糊不清。

回到北京，生活没有因我的逃离而变得有趣，反倒变得更绝望了。其实，我曾有过那么一瞬间想跟万晓利说，你带着我一起流浪吧。

不久后，我在一次去看心理医生的路上，钱包被偷走了。现金不多，证件丢失也可以补办，但最重要的是里面有一张两年前我去国子监附近，一个算命先生给我卜的上上签。当时，那个签从他手中的小竹筒掉出来的时候，我激动万分。后来小米告诉我，国子监那边算命的基本都是骗人的，信不得，他那竹筒里估计全是上上签。但这个签对我来说却意义重大，它让我维持了半年的好运气。如今它丢了，这是天意！

庞大奔

次日清晨，我从床上爬起来。拨开一点点窗帘望着对面的一楼。窗帘已经被拉开了，我透过玻璃仔细向那女孩的房间里看去，可就是看不清楚，但隐约感到屋内有人影在来回晃动。我屏住呼吸，一直盯着窗外。正当我望着入神的时候，那女孩突然推开了窗子，对着外面伸了个懒腰。另一个女孩跑到她家窗前，喊了句，快点，咱们已经迟到了。那女孩看了下表，匆忙地从家里跑了出去。两个女孩迅速地消失在了我的视线里。我把身子靠在窗子边，两眼直勾勾地盯着两个女孩消失的方向。我又看了一眼那女孩的屋子，突然发现那扇窗只有一层薄纱窗是关着的，里面的玻璃窗依旧敞开着。窗台不到一人高，以我的身手是可以翻进去的。我在脑海里迅速构思着我的动作。透过那扇纱窗，我仿佛看见了那女孩的身影。脑海中，我是一个身手矫健、贼头贼脑的偷窥狂。想到这，我居然有点儿小兴奋。

一阵温热的风吹来，让我打了个寒战，后背发凉，双手冒汗。我没敢再多看那一扇薄纱窗和大肆敞开的玻璃窗。我走到厨房，打开冰箱拿出了一袋速冻饺子，锅里接上水，饺子倒了进去。我盯着饺子发着呆，锅里渐渐出现了我的脸。我一边用筷子搅和着，一边暗自思忖：那女孩看样子应该是自己住，从早晨到现在，屋子里还未出现过第二个人。她是哪儿的人？看样子像是个学生呢，她是学生吗？好像也不是，她是做什么的？我又想象着那扇纱窗后面的世界。不行，她万一回来了可怎么办？

我端着盘饺子，满脑子里都是那女孩，心不在焉地咀嚼着。我时不时往窗外看一眼，她怎么还没回来，到底干什么去了？是不是今天要工作面试？可面试为什么还要两个人一起去？那薄纱窗在折磨着我。我发了会儿呆，突然站起来把盘子往桌子上一扔，两只饺子被甩到了桌子上，另一只饺子又从桌子上滑到了地上。我顾不得那么多，趁着她回来前我一定要进去看看。我推开门就往楼下跑。虽然只跑了那么几步，但我的心脏已经快从嘴里蹦出来了。

我跑到楼下站在她窗前，东张西望地观察着周围邻居。我觉得所有路过的人都在用一种看贼的眼光注视着我，即使是还在婴儿车里的小孩，或是打扫卫生的大爷大妈。我故作镇定，趁着没人经过时，迅速拨了一下那扇薄纱窗。这下可倒好，纱窗开了。我像是开启了通往另一个世界的门，热血沸腾、激动不已，浑身的细胞此时都在兴奋地跳跃着，以致有点儿感到眼前发黑。

由于是一楼的缘故，即使是晌午，房间里的光线还是有些昏暗。我透过纱窗可以闻到这女孩的气味。这其中混着一股劣质化妆品、海飞丝、方便面和一股衣服长时间没洗过的油腻腻的味道。这味道让我再次头昏眼花。昨夜那一幕又清晰地闪现在眼前：这女孩背对着我，我大汗淋漓地疯狂折磨着她，撕扯她的头发。一个女人带着一个小男孩从旁边路过，然后停下脚步。我突然抖了个机灵，回过神来。那小孩跟丁丁长得真是一模一样。我又看了看她的房间，有种想吐的感觉。烈日把我的头皮烤得发痒，我抓了抓脑袋，便赶紧回了家。

我把自己横在沙发里，眼睛直勾勾地盯着茶几上的那盘剩饺子。它们已经紧紧地坨在一起。我明明记得昨晚上根本没有人经过那里，可怎么就……刚才脑袋里的那一幕又让我想起了张卓和丁丁。他们怎么会突然冒出来的？他们是来惩罚我的，一定是这样的。他们现在在哪儿呢？丁丁这个时候一定还在睡午觉，张卓呢？张卓带着丁丁走了以后，我们就见过一面，是在民政局见的。

那天她穿着一件我从来没见过的裙子，还有一双我从来没见过的新凉鞋，头发也剪短了。她就在民政局门口站着，虽然这身装扮都是我没见过的，但我在老远处就认出她了。我在远处望着她，因为这也许就是我最后一次这么望着她了。过了几分钟，见她等得有点儿不耐烦，我慢慢走过去。叫了声"大卓"，用着以前那种口吻喊着她的名字。她一脸的不耐烦，说："你就不能有一次准时吗？"事实上，那次我是准时的，只是在远处偷偷地望了她一会儿。偷窥这种事我很擅长，我总是能找到一个别人看不到我的位置，这个本事我比一般人都娴熟。

偷窥已经成我生活中的一部分了，就和吃饭撒尿一样，这个习惯究竟是从什么时候开始的，应该是从见到张卓的那一刻。在大学的时候，我们宿舍的对面就是女生宿舍楼，那是一栋极具诱惑力的楼，而里面最神秘的一间寝室就是张卓的。每天晚上，只要男生寝室的灯一熄灭，我就幻想着张卓依次脱去外衣、内衣，然后再换上睡衣的情景。寝室里一共有八个男生，起初只有我拿着望远镜，用窗帘把自己裹起来，靠在窗台边向张卓的寝室望去。后来雷俊也学着我，望向她心仪女孩的宿舍。我和雷俊的熟络也是从这一刻开始的。张卓总是喜欢在星期二的下午四点洗澡，因为每星期的这个时候是最令人讨厌的思想政治课。张卓每每洗完澡，都会在寝室里弯着腰，对着镜子擦拭她那头乌黑的长发。拭去多余的水分后，她就会把宿舍的纱窗拉开，对着窗外抽烟。整个夏天的星期二下午四点都是如此。抽烟在大学里是绝对不允许的。但是那个时候只有她一人，后来我学着抽烟也是因为她。但我并没有张卓聪明，我被寝室老师抓住过三次。张卓湿漉漉的长发贴在脸颊两侧，叼着一根烟的样子是最性感的。那时候，我深深迷恋着她以及她的身体。

现在的张卓早已经跟大学时代的她判若两人，她的头发不再是乌黑的长发，而是又黄又干的卷发，它们像一团枯草堆在脑袋上。她的眼神也不再性感迷离，时而流露出倦怠与憔悴。我从没想过这辈子会来民政局第二次，这地方和六年前的样子简直一模一样，这里散发的气味和办事员那种满脸生活不幸福的神情也都不曾改变过。我和张卓两人坐在走廊里，等待着叫号。我们是第 31 号，而现在只叫到第 20 号。在这漫长的等待中，我总想找点儿话对张卓说，比如丁丁最近怎么样？回老家后准备怎么生活？有没有男朋友之类的。但我最想对张卓说的是，其实你们可以继续住在原来的房子里，房子给你们，我搬出去。可张卓却使劲扇着扇子，时不时看下时间或者头上方的叫号牌，一点儿也没有想和我聊天的意思。而且她的脚又开始抖起来了，每当她焦躁的时候就喜欢抖脚。而每次她抖脚，我都会拍她一下说，男抖穷女抖贱。这次我没说什么，因为身边这个爱抖脚的女人即将跟我再无一点儿关系。我想说的这些话在脑子里排练了一遍又一遍，无论说什么都觉得别扭。可我还是开口说了句，你今天这身裙子挺好看的，新买的吗？张卓没理我，只是手里的扇子扇得更用力了，我猜当时的她一定特别想用扇子拍死我。我抠抠鼻子，有点儿后悔说出那句不讨好的话。自从家门口开了超市以后，张卓就很少给自己买新衣服了。这等待真是煎熬，半个小时过去了，前面依然有六对满脸苦闷的男女在等待着。这是一种折磨。我左顾右盼，这时，一位步履蹒跚、满头白发的老爷子推着一个已经不能走路的老太太坐到了我们对面。

我用胳膊肘捅了一下张卓，小声说："你猜他们为什么会来？都这么大岁数了，还闹什么呀。真逗。我猜他们应该是为了房子的事来办假离婚的。你觉得呢？"

张卓这下急眼了，站起来提高了嗓门对我说："庞大奔，都这个时候了，你就不能说点儿有用的？"我冲着张卓眨了几下眼睛，又慌张地看了看四周，半张着嘴不知所措。有用的？什么是有用的？张卓气得掉头就走了。等着被离婚的男女们彼此又突然有了话题，对我们指指点点窃窃私语。我觉得此时应该暂时离开这里，但是现在去找张卓又不知该说些什么，因为目前我还没想到什么是"有用的话"。我站了起来，无处可去，只好去了厕所。我在厕所门口转悠着，想着张卓刚才的话到底是什么意思，什么是有用的？难道张卓想要房子？我一拍脑门，冲着大门跑了出去。张卓正双手交叉在胸前，站在门口。我跑了十几步后，又气喘吁吁的。

"大卓，其实你们可以继续住在那套房子里，房子留给你们。"张卓突然一回头，眼睛狠狠地盯着我。这个眼神特别熟悉，上次她用这种眼神的时候，是质问我前一天晚上是不是和雷俊去夜总会了。

我又眨了几下眼睛："那什么……孩子的抚养费我也可以按月给，每月给你们两千，不，三千。离婚协议可以都补上的。"张卓的眼睛还是死死地盯着我，然后眼睛又渐渐地红了，变得湿润了。

"都这个时候了，你就不能说点儿挽回的话嘛。你是不是早就想跟我离婚了？"说着，张卓哭了起来。

我突然恍然大悟："我当然不想离婚，是你说……那咱们回家吧。这婚不离了。"

"不行，今天必须得把婚离了。"张卓擦了把眼泪。

我又说："你这是干吗呀？"

张卓看了下手表，擦了擦眼泪径直又走了回去。

回去时，正好叫到我们，我们坐在桌子前各自在离婚协议上签完字，被迫抄录完一段言不由衷的声明后，工作人员说："在这按上手印就可以了。"

"大卓，这手印按完了，咱俩可就没关系了，你真想好了？"我看着桌子上的红泥，手指头突然变得绵软无力。

"想好了。"她说着就伸出了食指在离婚协议上使劲地按下了手印。这下，我彻底踏实了。两本暗红色的离婚证就这样颁发到我和张卓的手上。到底是什么时候离婚证也成了红色的？

当我沉浸在往事时，突然楼下传来一个女声："记得明天早起点儿！"我瞬间把自己移动到了窗前，伸着脖子往楼下看——是她回来了。与她的朋友告别后，她便回家了。我看着那女孩的背影，情不自禁地又澎湃起来。我躲在窗帘后面，一直盯着那扇纱窗，就像当年盯着张卓宿舍那样，全神贯注，脑袋里幻想着无数场景。

为了不引起邻居们的注意，我换了一双胶底鞋，以便走起路来没有声音。这是我第一次潜入这女孩的房间，当然也是第一次潜入任何一个人的房间。这是个五十平方米左右、一室一厅的屋子，有个开放式的厨房。灶台上只有一口用来煮鸡蛋或是泡面的小锅子。除此之外再没有别的东西了。我站在门口，朝屋子里再迈进一步，可不知怎的，这一步现在变得如此艰难，我觉得下肢已经瘫痪了，腿脚完全不听使唤。我莫名地出了一身汗，就如同木乃伊般站在门口。后背紧紧地贴着门，一动不动。这真是前所未有的体验，就连在大学时代也不曾有过的体验。即便是张卓的宿舍，我也不曾有一次真正进去过。就连趴在门缝看一眼的机会也没有。那女生宿舍的执勤老师真是我在这个世界上最讨厌的人。她那眼神真是让人受够了，看男生就像看罪犯。就在我感到浑身开始痉挛的时候，突然有人敲门了。我吓得一哆嗦，往前轻跳了一小步。我屏着呼吸，眼睛盯着门缝做出了最坏的打算。虽然窥视对我来说易如反掌，可暗闯这事我这辈子可是第一次干。我从猫眼向外看去，原来是快递。快递小哥敲了三次门，见里面没有动静，拿出了手机。

"您好，我是快递。您没在家吗？"他停顿了下，又说，"好的，那我就放在门口了。"

我从猫眼里见他走后，舒了口气。可是转念一想，"放在门口"的意思就是她有可能很快就回来了，如果这样，还是尽快离开的好。可这快递小哥的到来，像是给我施了魔法般，让我紧绷的身体突然放松了。我转过身，又大步地向房间里走进去。我一边仔细嗅着她的气味，一边扫视着整个房间，门口处的高跟鞋、帆布鞋散落一片。简单的家具上布满了T恤衫和吊带背心。我向前跨一大步，找到了个下脚的地方。我抓起一件搭在椅背上的真丝睡衣，把脸埋了进去，上面充满了她的体味。我用力地把这气味全部吸进肺里，这股气味瞬间涌进血液中。我又随意将它扔回床上。她的睡衣可真多，床上还摊着两套纯棉的睡衣。我擦下额头的汗，隐约听到外面有动静，我躲在窗帘后，观望着外面。原来是两个看上去二十来岁的姑娘，说笑着从窗下走过，这说话声音像极了那女孩。又是一场虚惊，是时候该回去了。我大步流星地越过地上的一片鞋子，打开门探出半个脑袋，在楼道里左右张望下，便轻轻关上门走了。

拉拉

金秋转瞬即逝，树上的知了不再玩命乱叫，地上枯得发脆的叶子也不知道都飞哪去了。北京已渐渐进入寒冬，一副惨兮兮的模样。我喜欢这样的景象，独自走在街上不会显得太孤单，太凄惨。在这半年里发生了一件不可思议的事情——有一个人，像幽灵般地出现在了我的生活里，他注视着我的一举一动，而他迄今为止从未出现过。自从他出现以后，我的日子却好过多了。虽然在一开始有点儿不习惯，可以说让我有点起鸡皮疙瘩。但到后来，也就是在一个月以后我逐渐习惯了，可以说我已经……有点儿……依赖他了。这话说起来，连我都觉得有点儿不可思议。关于他的事我对小米只字未提，一方面是因为我不知道该如何开口，另一方面这个事情说出来连我都会觉得非常可笑。我曾经一度怀疑过我的精神是否还正常。尤其是看完《穆赫兰道》和《机械师》这两部电影之后。我怕我正在经历着和电影剧情同样的事——到了某一天发现，这一切都是虚幻的，都是假象，是我的神经错乱导致的，就像那个周六的晚上。

像往常一样，小米陪我去精神科例行公事进行心理辅导后，我带她去了一家老北京涮肉馆子。这家店在酒仙桥附近，店面不大，里面仅有五张圆桌。此时店里已经人满为患，小米等得有点儿不耐烦了，我说再等等，今天一定要吃一次。

按照信上说的，店老板姓郑，是一个光头，五十岁上下的中年男人，眼睛大而有神，常年在店里就一身衣服——一件暗红色绣花大褂，脚踏一双黑色布面的千层底。点辅菜的时候，除了白菜、粉丝、冻豆腐之外的菜不要点，否则他会生气。过了半个小时，终于有了空位子。

我在店里扫视了一圈，果然见到了他所说的老板。那一瞬间我的鸡皮疙瘩起来了。由于这阵子经常出现幻听，梦境和现实也混淆不清，当一封这样的信摆在眼前时，我不得不要再三确认。

"你盯着那人已经半天了，想什么呢？"小米摇晃下我，用眼指着那边。

我缓过神来，低头看菜单，其实我并不需要这菜单，按照信上的意思，我只需要点两盘肉，以及白菜、粉丝、冻豆腐就可以了。

"这家的涮肉真的好吃吗？看菜单好像也没什么特别的。"小米有点儿皱眉头。

"不用看了，我知道点什么。"我挥起手，"老板点菜！"

"你怎么知道他是老板？"

老板穿过桌与桌之间的缝隙，来到我们面前。

"两盘这个位置的羊肉，还有……白菜、粉丝、冻豆腐，还有……"

"还有什么？"

我想再测试一下："还有蟹肉棒。"

果然……老板的脸色突然变了："吃什么蟹肉棒，那是四川火锅，隔壁就是！"

小米被吓住了，本想张口与他争执两句，可后来还是闭上了嘴。我若有所思，觉得一切是那么的真实，从未有过的真实。这比让小米抽我一个嘴巴或是拧我大腿内侧的肥肉要来得真实得多。从这一秒钟起我更加确信，有一个人已经在这城市的某一个角落里悄悄地与我开始一起生活了。按常理说我应该去报警，但以现在的我来说，我需要他。

"老板，不要蟹肉棒了，就这些。"

老板冲着厨房喊了声："三号桌！两盘瓜条，白菜、粉丝、冻豆腐！"

伴着小涮肉馆子里的喧嚣，我对小米说："要不要来点儿啤酒？"

"好呀，看你兴致好，陪你喝点儿。"

很快，冒着热气的铜锅、两盘肉、蔬菜和啤酒就上齐了。我看着桌子上的盘子笑了一下，这感觉在上高中的时候体验过一次。那是一个我暗恋一年的男同学传了张字条给我，他约我放学后一起去吃麦当劳。

"你最近可是有点儿不太对劲。"小米没有看我，一边说着一边往锅子里放菜。我一下拦住她。

"等下，他说先吃肉，后吃菜。"

小米看着我，便慢慢把筷子放下了。"他？他是谁？"

我不小心说漏了嘴，其实也没有刻意要瞒着她，只是一直在等一个合适的机会告诉她。毕竟这件事说来太蹊跷又太复杂。突然向她说起，怕她会担心我病情又严重了。

"怎么说呢，这件事听上去可能有些不可思议，但这确实是真的，你要相信我，我并没有将梦境和现实混淆不清。刚刚我已经再次确认过了，它是真实的，确实在发生的事情。"

小米频频点头，一脸要等待听到什么噩耗或是在听一个恐怖故事的表情，以致她的表情让我觉得自己真的是在讲一个极为恐怖的事情，不禁连自己都竖起了汗毛。

"具体是从哪一天开始的，我也不清楚。但他第一次出现在我家里是上次我从大理回来的时候。我一进家门彻底傻眼了，家里被收拾得一尘不染。你能相信吗，就连衣服也洗了。"说到这儿的时候我笑出来了。可小米却一脸严肃，我迅速整理了下自己的表情，继续说。

"当时我第一反应是闹鬼了，可是瞬间我就发现是家里进来人了。鬼怎么可能帮我收拾东西洗衣服呢。我走进厨房一看，堆在洗碗池里的碗也洗干净了。我正一头雾水的时候，突然想起来我藏在衣柜里的现金首饰还有日记本，却发现这些东西完好无损地还在原处后，我又觉得肯定是谁的恶作剧。我第一个想到的是你，我正准备给你打电话确认的时候发现桌子上有一封信，与其说是信，还不如说是字条。上面说什么自己不是坏人也不是变态，让我不要报警之类的话。我就一直盯着这几个字，说实话，看那字体我真以为是个小学生写的呢。我就一直盯着这字条，脑袋从来没转过那么快。我就一直琢磨这到底是怎么回事。"

"这事你怎么现在才跟我说？那你报警了吗？"

"当然没有了。不过当时我确实想过报警，可是又一想，如果警察来了我该怎么解释？家里又没丢东西。我想观察一阵再说。"

"他是怎么进去的？"

"据他说，当天我走的时候没关窗户。当时我也想不起来是否把窗户关上了，但那都不重要。"

"不重要？他能进你家第一次，就能进第二次、第三次……"

"不过事实证明，他的确没有恶意。直到现在，半年时间都过去了，他也没有再进来过。"

菜逐渐上齐，酒也上来了。我轻描淡写地述说着眼前发生的事，但那些只是前奏，我真正想对小米说的是后面的话。可小米却满脸凝重，盯着桌子上尚未开瓶的啤酒，无心动筷。她这么一脸严肃，弄得我反倒不自在了。

"有他在的这半年，说实话我挺有……安全感的。"说完"安全感"这三个字的时候，我停顿了下。没错，就是安全感，这个从未出现过的男人确实给我带来了不少安全感。至少他让我觉得在这个冷漠、对我充满恶意的城市里，我并不孤单。有一个人，在某个地方一直注视着我，哪怕只是这一点儿微弱的关怀，都让我感动不已。

"有一个人突然就出现在我的身边，就像是幽灵般每天注视着我的一举一动。他对我的行踪了如指掌，每当我出门的时候，他总会在我家的门口或者窗台前留下一封信，有时是一顿晚餐。

他知道我最喜欢吃的食物是比萨和煎饼果子。他在信上总是提醒我不要经常吃这些没有营养的食物。他是如何办到的我也不知道。这半年来，我并没有受到任何伤害，所以我逐渐开始信任他。我不知道他的名字、样貌，从始至终他从未出现过。我们以信件相互沟通。我知道他在前一段时间刚刚离婚，有一个五岁大的儿子。仅此而已。"

羊肉不停地在锅子里翻滚着，汤时不时地溅到锅壁上，发出嗤嗤声。我一口气说完这些话，觉得很畅快，同时等待着小米的反应。

"快吃，他说肉不能涮时间长，变了颜色就可以了。"我拿起筷子，往小米碗里夹。她依然不动声色，脸色难看得像是刚刚失了恋。

"你觉得他接近你的目的是什么？他不可能无缘无故地跟踪你。"

"至于目的，我也说不清楚，说喜欢我好像也谈不上。但我现在越来越依赖他了，一段时间内没有他的来信我就会感到不安。他在哪里，他什么时候能与我见面或是他长什么样子我也越来越无所谓了。这样挺好的，距离产生美。真要是见了面，一切都会改变的。你知道吗，我有时候还会特意穿上好看的衣服，化上妆趴在窗前。我知道他一定在某一个地方看着我呢，我想让他看得更清楚点儿。"说完这话，我自己都笑出来了。正如他信上所说，羊肉的这种吃法真是鲜美。这家小馆子我也喜欢，特别有人情味。所以，你一定也是个有人情味的人，我心里想着。

在这个城市里，我们都被叫作"北漂"。北漂浩如烟海，而我也只是北漂里的沧海一粟。我走在马路上时常感到无比的恍惚和陌生，哪怕是条我走过千万遍的路。每当这个时候，我都不敢停下脚步，只想赶快回家。回家后看看他是否在窗前或是门缝里给我留下了一封信，或是别的什么东西。他留下的东西无非也就是一份相对我平时吃的略微精致些的午餐或是晚餐，里面有肉有蔬菜。他还曾经给我留下了一本书，一本如何治愈抑郁症的书。但我看了之后知道，那绝非一本对症下药的书，但我仍然很珍惜它。

庞大奔

已经三天了，她的房间里依然没有任何声息，没有她在的房间，变得死气沉沉。连偷窥都变得了无生趣。她到底去了哪？我像上次一样，换上了胶底鞋和一身活动方便而不容易发出"沙沙"声质地的运动服。我易如反掌地进到了房间里，堂而皇之地在房间里乱转。屋子看起来比上次整洁些，但由于三天没有开窗户，难免有种难闻的味道，我把玻璃窗拉开了一个缝隙。厨房水池里堆着一个盘子、一个碗以及一双筷子。灶台上还放着一口没有刷的锅子，水池里有方便面卷曲的残渣。此时，我突然做了一个大胆的决定，那就是帮她收拾房间。我并没觉得这个举动有任何不妥，也并没有想到事情的后果。我不仅刷了碗，还把灶台、墙壁以及地上的油渍也清理了。在打扫房间上，我被张卓管教得训练有素。清理完厨房后，我的兴致来了，又把她的脏衣服也一并清洗了。

此时是傍晚五点左右，夕阳正好打进房间里。窗外竟是来来往往下班或放学的邻居。我拉上窗帘，关好窗子，房间一下暗了下来。我断定，今晚这女孩仍然不会回来。洗衣机"轰隆"作响，我打开了她的电脑。桌面照片是她抱着一只黑白相间的牧羊犬，她笑得那样甜美。脸上还有着她这个年纪才有的婴儿肥。我打开一个文档，里面是她喜欢的歌曲，大多都是港台歌曲，偶尔有几首英文和日文歌，这些歌名对我来说都很陌生。我随机点了首《泡沫》来听，说实话，这种声嘶力竭的歌真是不好听，但我还是听得津津有味。枕边放着一本她看到一半的《挪威的森林》。我靠在床上，翻看着，可看了不到两行字，睡意就来了。反正她也不会回来，我想索性睡一会儿，睡一会儿我就走。

这会儿，门突然开了。她走了进来，我想立刻起身，可身体却怎样都动不了，像是被下了咒语般。我惊恐地看着她，很想跟她解释点儿什么，我张开嘴巴，但无论怎样用力都发不出声来。她像是没有发现我，径直坐在了电脑前，放了一首歌。那是张卓以前最喜欢的歌。我逐渐把身体放轻松，小心谨慎地喘着气。我的目光随着她的身体而移动着，可无论怎样我都看不清她的脸。电脑里的歌一首接一首地唱，记忆的碎片逐渐拼凑出了大学时的样子。她就坐在桌子前看着窗外，我看着她的背影入了神。两首歌结束后，她拿起桌子上的烟盒。双肘支撑在窗台前，眼神落在某一个点上，发着呆。她还时不时把半遮在面前的长发撩到脑后。那背影像极了大学时的张卓，我很想上前抱住她，轻轻地叫了一声："大卓？"她正要回头，可惜这时候，我身体突然抽搐了一下，醒来了。我依旧躺在她的床上，发现自己勃起了。我突然感到不知所措，一种无可名状的空虚与寂寞席卷而来。借着夕阳的余光，我准备起身回家。我转念又一想，这姑娘回家时肯定会发现家里有人来过。她会不会报警？如果真要是报了警可就危险了。我决定给她写一个字条来证明我不是坏人。

写好字条后，我踏实地回家了。回家后，我又习惯性地拿出望远镜，望着对面那不再藏有秘密的房间，略有失望。我不知道她明天能否回来。没有她在的日子变得平淡无味，那个房间也黯然失色。我靠在窗前，对着那个紧闭窗户的屋子，一支烟接着一支烟地抽。这么多天不见她的身影，她一定是去旅行了。突然间，一种强烈的恐慌莫名地席卷而来——她一定是遇到了真正的强奸犯后想不开跳楼了。我一遍又一遍地在脑子里构思强奸犯的作案过程，连她面目的狰狞和痛苦我都能准确地勾勒出来。我把自己吓得直喘粗气。不行，我得行动起来。我开始焦躁不安，在屋子里转来转去，能做点儿什么呢？我盯着她的那扇窗——我好像什么也做不了，只有这样静静地等待着，就像等待着张卓宣布离婚一样。

看着来来往往买菜回家的妇女或是放学回家的孩子，又一阵莫名的伤感袭来。有时候，我对现在无所适从的生活已经受够了，也不知道这样的日子要持续到什么时候。可我有什么办法呢？我只能默默地熬着，等待死的那一天的到来。我百无聊赖地把胳膊举起来，仔细看着小臂上略有褪色的文身。那是在我被退学的那个下午去文的。在学生时代，我早就想文一个孙悟空在身上了，连位置都想好了，就文在后背上。那个时候北京的文身师并不多，我知道在五道口就有一个文身店。说实话，知道自己被退学后我有点儿兴奋，一方面是我不愁找工作，父亲的小杂货铺子反正以后都是我接班。他们才不管我是否有大学文凭呢，只要会算账就行。另一方面，我可以做我想做的事儿了——那就是尽情地挥霍青春和专心致志地追求张卓。文一个孙悟空在身上就代表着我要脱胎换骨，再不是被困在校园里的小猴子了。况且，张卓要是看见我的文身，一定会立刻爱上我的。在被退学这件事儿上，唯一让我觉得不快的事，就是无法再偷看张卓了，并且无法在每周二的下午四点悄悄欣赏她趴在窗台前抽烟的样子了。

我和那时候最好的哥们雷俊一起到了五道口，和文身师商量"孙悟空"的事。文身师的两条胳膊像是套了两个花袖子，就连手指上也都文着字母。他说，如果文一整个后背需要两万块钱。我们俩都倒吸了口气。雷俊看着文身师满胳膊的文身，也不敢吱声。

"这不是抢钱呢吗？"他悄悄地在我耳边说。

"据说是这个行情。"我想了下，无论是为了庆祝被退学还是为了让张卓疯狂地爱上我，两万块钱成本着实有点儿高。

"那文在小臂上呢？"我问。

"小臂四千块，但只能文个孙悟空的脑袋。"

我和雷俊对视了一下。

"小臂上，太明显了。你爸发现了还不抽死你？"雷俊小声趴在我耳边说。

我推了他一下，觉得这个问题让我在文身师面前丢了面儿。

"行，那就小臂上文个孙悟空的脑袋吧，一定要传神。"

我把手臂举在空中，看着十年前的文身，那种激情早已一去不复返。在我的记忆里，当时把我疼得浑身都湿透了，像是洗了个澡。但那到底是怎样的一种疼痛感，现在已经想不起来了。退学一事在学校里闹得沸沸扬扬的，听雷俊说张卓已经开始对我感兴趣了，旁敲侧击地向别人打听我的来路。还曾经跟雷俊打听过。我们第一次约会也是通过雷俊搭的线。地点约在了学校旁边的轮滑厅里，虽是四人约会，但基本都是我跟张卓单独在一起。她轮滑技术不是很好，我就这样顺理成章地牵着她的手一圈又圈地滑。整个下午我们俩的手就像是黏在了一起，要是她不小心摔倒了，我还有机会搂着她的腰。当时不得不承认，雷俊这小子在泡妞上绝对能称为高手。那天约会，我特意穿了个没袖的衣服，走到哪都是焦点，张卓走在我边上也觉得特别有面子。就在那一天，张卓疯狂地爱上我了。再后来，张卓说她也要文身，她说她要文个紧箍咒在手腕上。她还说，她要把我牢牢地拴住。事实证明，她这个紧箍咒确实起到了作用。

甚至直到现在，她手腕上的紧箍咒还一直在牵绊着我。

十几年过去了，这黑白的孙悟空逐渐退了颜色，皮肤也没有当年的那般紧致。孙悟空的眼睛已经有点儿发白，嘴角的轮廓也不再那么清晰了，看上去很没落。我决定找一条大鲤鱼的图案把它盖上，让这一切都过去吧，生活还得继续不是？正在我欣赏这猴子文身时，那女孩好像回来了。我顿时从沙发上弹起来，瞬间把自己移到了窗前往楼下看。她拖着一个行李箱正在跟朋友道别，看样子是去旅行了。我打开窗户，竖起耳朵，甚至把脑袋也伸了出去，可怎么也听不清她们在说什么。没过一会儿，那女孩便独自回家了。我关上窗户，把自己裹在窗帘里，拿起放在窗边的望远镜。我所住的楼层是四层，按理说她轻易是发现不了我的，但每次拿起望远镜时，我都喜欢把自己隐藏起来，只有这样才觉得自己是在偷窥。我期待她进到屋子后的反应，那可不是一般的恶作剧。

果不其然，她回家后站在离门口不远的位置上，呆若木鸡，我幻想着她的表情。手里的行李箱也倒在地上。整个家里，除了那只前后摇晃着的行李箱，一切都像是被凝固住了。她开始缓慢地移动脚步，仔细观察着屋子里的每一个角落。她又看了看挂在晾衣架上的衣服。慢慢地，又走到厨房。突然间，她好像想起了什么，小跑到衣柜前打开柜门，像是在翻东西。看样子她是找到了，又关上衣柜门。那一定是很贵重的东西，我猜。她从兜里掏出手机，准备给什么人打电话。我有点儿紧张，如果她要报警，那事情就严重了。不过还好，她在拨通电话前，看到了我放在桌子上的那张字条。里面的内容大概是让她不用过于担心害怕，我不是坏人也不是变态狂，只是一个她的爱慕者而已，无意间发现她离家的时候窗子没关，所以就擅自做主地进来了。可进来后，发现屋子里实在有点儿脏乱，便顺手收拾了一下。我在信中一再表明，自己除了把腐烂的垃圾带走之外，再没有拿走她的任何东西；让她一定不要为此过于惊慌，报警更是没有必要的。并且一再表示抱歉。

信里的内容言简意赅，一分钟内无论如何都可以看完。可她却一直盯着这封信，已经快十分钟了。从进门到现在，这女孩就一直站着。我虽然留下了信，也表明了我的意图，但她一定还是受到了不小的惊吓。

又过了半晌，她终于把字条放回了桌子上，又在屋子里四处转了转，发现确实没有东西丢失后打开了电脑。电脑的光晕晃晃地映在了墙上，她一定是播放了某首歌曲。她走到厨房，厨房深处从我这里的角度无法看见。我透过望远镜，目不转睛地盯着厨房。好像过了十分钟，她端着一只大碗走出来，原来是方便面，手里还拿着两根香肠。见她坐在电脑前，我心里踏实了不少。她的举止看上去从容自然，并没有惊慌失措或是有任何准备报警的举动。

"总是吃泡面可怎么行？"我放下望远镜，对着她说，"一个人在外要照顾好自己呀。"我叹了口气。

这天晚上，我躺在床上辗转反侧，脑袋里像有个上千瓦的灯泡让我无法入睡。忽然，我觉得自己应该再为她做些什么，或许下次可以为她做一顿饭，或是为她准备个小礼物。该为她准备些什么呢？正当我思索时，我突然又感到无比茫然。进一步的发展是什么？我好像并不爱她。思绪陷入一片混乱，不知过了多久，我在这片混乱中渐渐入睡。

当我睁开眼睛的时候，天刚蒙蒙亮，我睡意全无，穿上衣服，又拿起了望远镜，我隐约看到那女孩的窗前夹着一张白纸。那是什么？是留给我的吗？我看了下时间，才六点左右，她想必还没有起床。我正要冲下门时又转念一想，她会不会躲在房间里的某一个角落正等着我的到来？我在家里来回徘徊着，管不了那么多了，她一定是有话要对我说。我带上了一个鸭舌帽后直接冲下楼。准备走出楼门口时，我将鸭舌帽压低，帽檐遮挡住了眼睛。我迅速将身体移到那女孩的窗前，弯下腰以至于不让她在屋子里看到我。我把纸轻轻从窗户缝间抽走了。这一举动，让我觉得自己在干一件下三烂的勾当，可我却乐在其中，它像是某种毒品让我迷恋。我跑回楼道里，迫不及待地打开纸条。

"陌生人你好，不知道你的话是否可信，经过我的检查家里确实没有丢失任何东西。我不会报警的，请你放心。但类似的事情不要出现第二次了。我们可以见个面吗？我有话想问你。"

我一遍又一遍地读着字条上的内容。字迹一笔一画写得很工整，像是高中生。她说想见我，可那是不可能的事，而我也并没有打算要与她见面。见到她的回信，我居然笑得上气不接下气，有种阴谋得逞的感觉。我立刻又回复了她一张字条。

"现在可能还不是见面的最好时机。我正经历着人生最低迷的时期，每天浑浑噩噩地过日子。但我相信这段日子很快就会过去的，因为我遇见了你。"

看着这满是谎话的字条，我心满意足地将它折起。我又望了望那女孩的窗户，没有任何动静，她应该还在熟睡。此时是七点左右，偶尔有三两个邻居走在小区的院子里。我又跑下了楼。对于在一个早晨里楼上楼下地跑两趟这种行为，我一点儿也不觉得自己有病。见没有人时，我把字条塞回了原来的地方。我像个痴情的少年般等待着她的回信，和当年追求张卓的心情很接近，只是那时的感情更纯粹些，目的也更简单明了。时光荏苒，那种感觉依然存在于记忆的某个角落。而如今，我们已经离婚。想到这里，一股突如其来的悲伤又涌了上来。

回到家后，我依然静静地守在窗口。大约八点左右，她终于出门了。她的样子从容不迫，像是什么事都没有发生过一样。一个声音告诉我，我此时应该飞奔下楼。我依着这个声音，既紧张又兴奋地跟在她后面，看看今天她究竟要去哪儿。她出了小区，又穿过一片被鸡蛋灌饼和摊煎饼弄得乌烟瘴气的街口，最后直奔了公交车站。人潮涌动，正是上班高峰。上了车我就站在她身后的位置，这个位置看似危险，但实际上却安全得很。车上挤得除了眼珠子能转动以外，其他的器官都无法移动，更别说是回头了。每次车停的时候，她的身体就会往我怀里靠一下，她靠一下我就情不自禁地笑一下。这是属于我们两个人的时刻。正当我乐在其中时，有一只手伸向了她的小坤包，那个男人面容淡定，手指修长，动作娴熟，看来是个老手。我无法制止他。那个钱包就这么自然地进到了他的口袋里。她丝毫没有察觉到，依然时不时地往我怀里靠。

那个男人在这一站下了车，而她依然单手拉着吊环，面朝窗外发着呆。我随着那个男人也下了车，他顺着马路拐进了一条小胡同里。趁着没人，我冲他的后脑勺便是一拳，他踉跄地差点儿摔倒，我随即就是一顿拳打脚踢。当他彻底倒在地上时，我疯狂地搜他的兜，却没有发现她的钱包，甚至一分钱也没有。那个男人在地上声嘶力竭地喊叫着，声称要报警，不一会儿我们周围便聚集来了一帮看热闹的大爷大婶。我依然骑在他的身上不依不饶。这时候，跑来了两位民警同志把我从他身上拉开了。就这样，我进了派出所，这也是我人生中第一次进来。

而这所发生的这一切，我想她是永远也不会知道的。从这以后，我对这个女孩更着迷了，她好像已经变成了我的人。这是一种前所未有的感觉，甚至对张卓也不曾有过的感觉。后来我自己使劲地分析了一下，难道这就是传说中的责任感吗？我开始担心起她的起居饮食、心理状态、睡眠质量、人际关系甚至是个人卫生。

拉拉

中午时分我见门口有动静，有人正在门口放什么东西，那声音听起来像是塑料袋。难道是他？我立刻起身前去开门。原来是快递员，他正弯着腰把怀里的快件放在地上。他被我这突如其来的举动吓得目瞪口呆，手也停在半空中做出准备敲门的样子。我有点儿失望。

快递员冲着我眨了下眼睛："这是……你的快件。"

"谢谢。"我接过一个塑料口袋，签好字之后便关上了门。里面是昨天在网上购买的两本书。

我把书抱在怀里，心脏强有力地跳动着。我坐在书桌前正准备拆开包装时，发现窗台上又放着一个白色塑料袋，而且是刚刚放在那里的。我拉开纱窗，向外望了望。中午，来来往往的邻居们穿梭在小区里，有男有女，每个人都那么可疑，可每个人又走得那么从容不迫。我把袋子取回来，炒面、避风塘的虾以及蒜蓉炒芥蓝分别装在了三个一次性塑料饭盒里。上次他送来的饭菜还剩着一半。这次依然附着一封信。

"最近睡眠如何？楼上新搬来的邻居依然那么吵闹吗？如果实在受不了我可以帮你去沟通。自从你说你有轻微的抑郁症后，我很担心你。能和我聊聊吗？说不定可以帮上你什么忙。饭菜要趁热吃。"

这几天我睡得很踏实，就连楼上挪椅子和小孩哭闹的声音都听不到了。我把新送来的饭菜放进了冰箱，又拿出了上次吃了一半的剩饭用微波炉热了下。我的抑郁症究竟是从什么时候开始的我也不知道，这种心理上的疾病很难用具体的某一天来算。只是在那件可怕的事情发生以后，我很害怕夜晚，害怕独处，害怕去人多的地方，因为只要有人碰触我的身体我就发抖，像是正被一万只蚂蚁在啃食着。并且从那以后，我讨厌与人握手、拥抱，即便对方是小米也一样。一切亲密接触的行为都让我感到恶心，尤其是看到男人，体态微胖的男人。那晚，我没有看到他的脸，从他的手臂来看，他一定是个微胖且个子不高的男人。这也许是我开始憎恨我领导的原因之一。从那以后，我的生活变得浑浑噩噩。

我坐在书桌前拿起笔来，笔尖在纸上不知停留了多久。思绪把我带回了那个不堪的夜晚。

"那时候的我刚来北京不到两年，一年的时间里我靠自己的能力从地下室里搬了出来。最高的时候我曾经住过二十层。你知道住在地下室的滋味么？即使外面阳光明媚，但回到屋子里却永远是阴冷潮湿，并伴着一股永远都挥之不去的发霉味。地上永远都爬着无数只潮虫，镜子和墙壁上也都是莫名其妙的小飞虫，它们欢快地滋生在我的洗手间里。但那个时候我仍然相信，这个城市对我仍是善意的、包容的。可就在今年夏天，在一个炎热的夜晚……"

我如实地把事情的经过写在了纸上，脑袋里的画面也逐渐变得清晰，甚至身体也在隐隐作痛。半年以来，我一直试图忘记、逃避。我以为这样就可以随着时间慢慢淡忘并且能够自我治愈，过个一年半载我还是那个阳光乐天的女孩。可事情不如我预期进行得那么顺利。这道创伤却随着时间的推移而逐渐溃烂、扩散。我继续写道：

"大半年来，我一直反复做着同样的噩梦，在梦中我一直奔跑在铺满玻璃碴儿的路上，而我却一直光着脚。无论如何我都无法摆脱那个有着猴子文身，追逐在我后面的无脸男人。我玩命地朝着一个方向奔跑着，可无论跑得多快他总是能抓到我。那个梦无比真实，甚至可以尝到嘴里的血腥味。噩梦一直折磨着我。这件事不知道什么时候才能真正过去。从这以后，我变得越来越不想见人，精神也无法集中。自从辞掉工作后，我一度觉得人生到了尽头，继续活下去只有痛苦陪伴。为了调整状态，我去了一趟大理独自旅行。以为离开北京一段时间，这些事情就会烟消云散，可一回到北京，回到家中，却发现一切并没有好转。精神科医生对我的精神治疗也都是徒劳。这些事情我是第一次告诉别人。现在，我反倒轻松多了。这还要感谢你，自从你出现后，我不再感到孤独。"

我看着自己密密麻麻的字迹，慢慢呼出一口长气来。我把这封信放在了老地方。半年过去了，他依然像个幽灵，来无影去无踪。而实际上，我也从没想过躲在某个角落将他抓个现行。这像是一场游戏，我们心照不宣地沉浸在游戏中。可就在今天，当我一股脑儿把事情从头到尾地告诉他后，这场游戏像是戛然而止了。我们之间不再有秘密，没有秘密的游戏对我来说不再刺激。我在纱窗两旁拴上了铃铛，稍微动一下我便会知道。同时，我买了幅深蓝色的窗帘挂在白色纱帘的里面，那原有的白色纱帘我并没有摘取，否则会太过明显。只有在晚上，我才会将深蓝色的窗帘拉好，关上灯。一切准备就绪之后，我把信依然夹在两扇纱窗之间，只不过我夹得更紧了，以至于信件不会瞬间被抽走。我就在这幅窗帘的背后，透过缝隙凝视着窗外。

我坐在床上，屋子里一片漆黑。我无法做任何事情，只好守着窗户等待那铃铛声。一个小时过去了，依然没有任何动静。我时不时透过窗帘的缝隙向外张望，小区里的人逐渐变少。我在黑暗中昏昏欲睡。夜幕下，我在无休止地希望与等待下不知不觉地渐渐睡去。再次醒过来的时候，太阳已经高照。信件不知何时早已被他拿走了。然而这次却没有回信，想必是还没来得及写信。他有可能是凌晨的时候才把信拿走，我在房间里思索着，反复推断他取信的时间。我坐在桌前又写了一张字条：

"我们彼此书信往来已有半年时间，我的事情已经向你全盘托出，没有一丝保留。我想我们是时候见面了，就在今年下第一场雪的时候好吗？有些话我想当面对你说。"

写完后我将字条折叠好，将深色窗帘拉开。外面的风呼啸着，雾霾终于散去。虽然已是冬季，但屋子里却暖洋洋的，充满着阳光的味道。经过洗漱和吃过早饭后，我又如约到了精神科医生那里，例行公事般地做心理诊疗。这一路上我脚步轻快，因为我知道那段暗无天日、浑浑噩噩的日子将要离我远去了。而今天则是我最后一次去见精神科医生了，我暗自做了决定。下午两点，诊疗结束后，我约了小米到她家附近的一个专门喝茶的地方坐了会儿。我没有告诉她我的行动，只是说了我的近况，精神科那里我不会再去了。她听了很高兴，我们还相约开春后一起去神农架找万晓利。这个下午过得很快，晚饭过后我们便各自回家了。

回到家后，我把窗帘拉好。恰巧在此刻，我听见铃铛有响声。我迅速跑到床边，看到一封信已经夹在窗子中间。我向外望去，有个人瞬间拐向了楼道另一侧。我迅速跑了出去，那人已消失不见。隐约中，我看到那是一双白底带有绿色花纹的球鞋，裤子带有两道白色条纹。由于他很快消失在夜色中，裤子的颜色难以辨别，好像是棕色，也好像是黑色，又或许是深蓝色。我略有失望地回到了家。对他的来信我已经不再期待。我手里拿着他回复的信件并没有急于拆开。这种精神上的依赖已经让我开始浑身不自在了。我迫切地想要将他"抓住"以表感谢，然后再终止我们之间这种带有一些猥琐和诡异的行为。

我沏了一杯浓浓的普洱茶，这茶是万晓利在大理茶舍时送我的礼物。我把信夹在窗缝中后，关上了灯。我再一次在夜幕中凝视着窗外，或许此时他也在某处凝视着我。我在明处，他在暗处。黑暗中，我一口口呷着茶，大理湛蓝的天空和万晓利明快的笑声迂回在脑子里，久久地挥之不去。我反复回忆着他那拙劣的搭讪技巧。陡然间，对他有一种难以排遣的思念。我看了下时间，已经将近夜里三点了。他肯定已经睡去，明明知道现在这个时间他是不会出现的，可我已陷入到了一种极端的情绪中，即使合上眼也无法入眠。这种等待像是狩猎，我像是趴在灌木丛中，等待天明时分的豹子向我扑来，然后将它一枪击毙。

我靠在床头，静静等待，幻想着他的样貌、他的声音、他的发型甚至身体的味道。他一定是个沉闷阴郁的男人。他离过一次婚，可从未提起过离婚的原因，我想也许是他这种性格所致。我确信，他在重复着我所经历过的那种自我挣扎的痛苦。时钟在墙上嘀嗒作响，又过去了两个小时，天色依然昏暗。我坐起身来，感觉他就快出现了。没过多久，那期待已久的铃铛声响了三下，我屏着呼吸把脸贴到了窗帘缝隙中。透过缝隙，我看到那是一个体态微胖的男人，他的帽檐压得很低，以至于看不清他的脸。他把信取走后，又左右望了望，然后径直一路小跑，回到了我对面的那个单元门洞里。楼道里的灯一直亮到了四层，不久后四层的灯全部熄灭了。

对面那栋楼又变得黑压压的，死气沉沉。我的目光无法从那栋楼里移开，心情不能平静。他就住在我的对面，四层中的某一户就是他的家。而在我的视线范围内，没有一户亮起了灯。那是一个身高大约在一米七左右的男人，体态微胖。我的鼻尖和额头都微微地出了汗珠。下一步我该做什么？他不再神秘，而与我想象中的男人又相差甚远。此刻，我被他在某处所隐藏起来的目光所吞噬，那目光在一点点消耗着我。朝霞渐渐从天空中浮现出来，这一晚总算结束了。我没有将窗帘拉开，换了一身昨天新买的运动服，带了顶帽子便出门买早餐。小区门口已经被各种卖早餐的小推车占满了，油渍麻花的繁荣景象是这个城市一天的开始。而对我来说，这似乎更像是一天的结束。当我正排着大队等着买煎饼果子的时候，我前面正站着一位个子不高且微胖的男人。他穿着一身黑色运动装，裤腿有两道白线，鞋是白底带着绿色花纹的球鞋。我盯着那双球鞋，一阵耳鸣突袭，眼前有点儿发黑，那双球鞋却变得亮晶晶的。我不停揉着眼睛和耳朵，觉得整个脑袋都不对劲了，双手在五官上忙活着。不知是否是因为他离煎饼摊位太近还是因为他的虚胖，导致他频频出汗。他背对着我，似乎把外衣的拉锁解开了。我不自觉地向后退了两步，他又把袖子撸了起来。在这冬季的早晨，真是让人匪夷所思。我把帽子压低，想扭头就走，可就在这时，我突然看到了他手臂上的文身——那个再一次把我拽向地狱的猴子文身。我又向后退了两步，却不小心踩到了后面人的脚。我扭头一看，那个女人嘴巴动了两下，可我却一点儿也听不见她在说什么。我就一直盯着她那两片不停翕动的嘴唇。随后，她好像又推了我一把。我身体晃动了两下，她绕过了我，后面的人随之跟上。我被推到了队伍外面。当我转过身来的时候，那只"猴子"已经不见了。两条腿带着我向家相反的方向走去。我孑然一身地走在冬季的寒风里，这风吹在身体上有种凌迟般的疼痛。

隔天早晨，我拉开深蓝色的窗帘，隔着纱窗向外看去。当他被两名警察用手铐铐着，从我面前走过的时候，他没有向我的房间里看一眼。此时，我已泣不成声，外面洋洋洒洒地飘起了雪花，那雪花飘在空中分外的优雅。

黄金时代

1

当我和李赞再次见面的时候是在全国青年作家创作讨论会上，座位簿上我们两个人的名字写在了一起。当我们看到彼此后都很惊讶。两年了，他的唯一变化就是留了个山羊胡。会上，各位领导开始言不由衷地发言。他写了张字条给我：抽烟吗？我说，抽。他又写了张字条：我先走，过一会儿你再出去，不然领导看见了不好。

四月底，正是北京最好的季节。李赞站在会议室大门口正在点烟，我走了过去。他看见我说，不是让你过五分钟再出来嘛。我拿出打火机点火，说，没事，领导的发言稿都是秘书写的，眼睛都死盯着稿子呢，哪有工夫注意我？李赞笑笑。我说，今天有雾霾，也别在外面待太久了。李赞说，那得赶紧点上换换空气。自从两年前的那次剧本讨论会结束后，我们就再无其他联系了。对他仅有的了解就是来自于文学期刊上他所发表过的文章和去年他出的一部长篇小说，故事虚虚实实，分不清楚哪些是写他自己，哪些是虚构的。

我问李赞，两年前的那个电影项目最后怎么样了，有下文吗？李赞长长地吐了一口烟，摇摇头说，不知道，投资方我也联系不到了。估计是没戏。我说，那他们把钱给你了吗？李赞说，就给了仨瓜俩枣的预付款打发了，剧本第一稿的钱就没再付了。我说，他们这些人怎么能这么办事儿？李赞吸了最后一口烟，把烟头掐灭在垃圾桶盖子上说，傻×呗。我说，那如果还有投资方找你写剧本你还接吗？他毫不犹豫，接，当然接了。我就不信每次遇到的都是傻×。走，回去继续听讲。

我和李赞是在一次剧本讨论会上认识的，会上共四个人。投资方、导演、李赞和我。接到投资方电话时，我正努力度过一段穷困潦倒的日子。前两个月领到的稿费已经基本用尽。为了节省开支，买菜时我会多走一站地，到远些的菜市场买菜。那里的土豆每斤会比超市的便宜一块钱，我是一个离不开土豆的人。同时我也戒了烟戒了酒，很痛苦。我是个作家，职业作家。写作是我生活的全部。那个投资方是从文学期刊上读到我的小说后找到我的。他们想拍一部关于都市爱情的商业电影，当时还没有任何想法。那是我第一次接到撰写剧本的邀约，当然第一反应是拒绝，因为那个时候我认为商业电影与艺术无关（当时的我自认为是个孤傲的艺术家）。此时，一个大爷从我身边走过，走过那一瞬间吐出了一口烟迁回在面前。见鬼的，烟虫上脑。那投资方在电话的另一头独自说了五分钟，而我却抓心挠肺地沉浸在那一口二手烟中。我只问了投资方一个问题，可以先把预付款打给我吗？

在剧本会上，投资方和导演滔滔不绝地讲述着他们对电影的期望，动不动就要投个几千万，票房要过几个亿的。我认为那都是在扯淡。我和李赞并没有发表过多的意见。散会后，李赞对我笑着说，你是写小说的吧？我点点头。他说，我读过你的小说，《浮萍》是你写的吧？我说，是。你觉得那篇小说写得如何？他过了半晌说，你不适合做编剧。那个时候，我并不理解这句话的意思，只是觉得他没有理由直接否定我。我说，你也是写小说的吧？我在期刊上也读过你的小说。他苦笑着，我两年没写小说了。这两年过得浑浑噩噩的，导演、编剧、写写画评影评。总之，和艺术、文字有关的事儿我都尝试性地做过，可到头来发现自己还是最适合写小说。可等到恍然大悟的那一刻自己又写不出来了，文学已经抛弃了我。像你这样执着写小说的人不多了。我说，你的选择没错。年轻的时候应该多尝试些不同的事物。也应该为了理想、为了艺术做出更多的选择和牺牲。人这一生，走些弯路是必要的。我们在颐和园里朝着湖的对岸走，可怎么走也走不到。伴着北京四月天的阳光和惹人烦心的杨絮，脚下的路从未感到这么漫长过。

电影故事大纲在我们的反复讨论下，一个星期后交给了投资方。我们翘首以盼，都觉得那会是一个完美绝伦的爱情故事。几次在写大纲的时候，我竟把自己感动得潸然泪下。可两个星期后被告知，项目暂停了，原因不明。从最后一次剧本会结束后，我和李赞再也没有见过面。那时的他已经结婚了，没有再次见面的必要。日子有条不紊地继续着，写作仍是我生活的全部。只是我写小说的目的又多了一个，我想让他看到我的作品，从我的文字中解读我，认识我。我认为这是我与他交流的唯一途径。而关于他怎样看待《浮萍》那篇小说，我一直都想知道答案，只是没有合适的机会再去问起。两年了，他没有在任何期刊上发表过小说。我与他的交流从来都只是单方面的。

李赞在会上继续给我传纸条，他说：散会了一起吃饭吧。我孤家寡人的，回家里没饭吃。我看了他一眼，写了张字条回复他：你媳妇呢？他说，晚饭时候告诉你。顿时，我的耳鸣发作了。领导在台上双唇不停地闭合，阵阵刺耳的声音让我头痛欲裂。我故作镇定一动不动，这是个老毛病，我应对自如。每当在精神极度紧张兴奋或是受到某种刺激的时候就会发作。

散会后，李赞带我去了煤市街的一家涮肉馆子，店里乌烟瘴气，摆了五张桌子，其余四张都被挤满了。瓷砖地上泛着油腻腻的亮光。手写菜单贴在了墙上。店老板是个北京大爷，他招呼我们喝茶点菜，两个小伙计端着酒瓶子不断侧身穿梭在人堆里。李赞说，别看这是苍蝇馆子，那可是上过电视的。我们坐在了靠墙角的一张小桌子旁。我说，我也喜欢这种小馆子，特有安全感。李赞没看餐单，直接叫来了老板，两盘瓜条，白菜、粉丝、冻豆腐外加一瓶小二和两瓶冰镇燕京。据说这是老北京涮肉最纯正的吃法。点好菜后，我们彼此都有点尴尬，话题不知从何开始。李赞说，这两年我看你小说没少往期刊上发呀。我暗喜，说，你这两年过得怎么样？还在写剧本或是小说吗？他说，剧本还在写，但是没有拍成的。至于小说，有空的时候写写，但怎么写都觉得像剧本。酒菜逐渐上齐，老板依然在我们旁边不走。他一再嘱咐我们瓜条这部位的肉在锅子里涮不能超过五秒钟。李赞说，我离婚了，一年前就离了。我点上一根烟，由于此刻我的经济状况还不错，可以请他抽根烟，但他拒绝了。他说，我戒烟三个月了。我问他离婚的原因，他说，她受不了这种小馆子，她哪懂得这种小馆子其中的韵味？她也受不了我在北京的七八月份成天穿着人字拖鞋陪她逛街，我想和她讨论文学，她说她只想看《变形金刚》和《蝙蝠侠》，当然看这些电影也没什么不好，那些小白领也是需要自我释放的。她在提离婚的要求时所抱怨的这些，我认真做了反思，我这小半辈子是不是过得太压抑，太自以为是了？我所崇拜的、所信仰的东西是不是早就被这个时代所淘汰了？面对媳妇的抱怨和指责，我只好低头，二话没说签了离婚协议。她选择和我离婚是对的，她适合找一个在思想和生活上都同她与时俱进的人。我的存款不多，这事她也知道。她没要我的一分钱，在她临走前，我说我也没什么可以送你的，这是我新出的一部小说，是上下卷，精装的，出版社就给我印了十套，外面买不到，送你吧。她没要，说行李已经很重了，不方便拿。之后我们就再也没联系了。

李赞说这是他第一次向别人说起离婚的原因。我没再继续问，他也没再讲下去。现在这样很好，我们面对面地坐着，彼此都很纯粹。在过去两年，我的小说中的很多男主角的形象就是按他的样貌和神态去写的。希望不要被他看穿。

这晚，我们都喝了很多酒。从涮肉馆出来的时候我依稀记得他说，和几个作家在小苍蝇馆里喝大酒，喝完还有姑娘拉着手，是人生一大美事。于是我说，那你就拉着我吧。他到底是否拉了我的手，已经记不清楚了。在回去的路上，我们聊了些什么？好像提到了电影、小说、非洲和焦虑绝望。当我第二天在自己的床上睁开眼睛的时候，已经是下午一点了。我仔细回忆着昨晚，有一幕我清晰记得。在走进文丞相胡同的瞬间，他突然说，去他妈的剧本，以后再也不写了！然后他把我拉进怀中，在一片漆黑的夜幕中，我们亲吻着。那一瞬间，我的身体轻飘飘的，不知道是不是喝醉的原因，一切都是虚幻的。

2

李赞的出现打乱了我原本安静的生活，我顶着一头乱发坐在床上，开始发呆。暗灰色的窗帘遮挡住了阳光，李赞没有发来短信也没有打来电话。现在应该做点什么呢？我仔细回忆着平日的生活，却又什么也记不起来了。洗漱、吃饭、买菜、写小说、偶尔相约好友喝酒聊天。我很少打扫家里的卫生，家中只有四十平方米，每星期花去一个小时做扫除足矣。与朋友的约会大多还在夜里。喝酒、扯淡、辱骂各路作家是永远不变的活动，一群寂寞的灵魂在夜晚用酒精来麻痹、温暖着彼此，这样很好，起码看起来我们并不孤单凄惨。

我拉开窗帘，灰尘在充足的阳光下静止了。从床上爬起来，简单洗漱后，像往常一样，到楼下的小摊铺买了小米粥和灌汤包。吃过今天的"早餐"后，我坐在书桌前，打开电脑，开始写作。手头在写一部短篇小说，小说是根据身边一位好友所经历过的事情改编的。一个小时过去了，我只字未动，没有任何进展。小说中女主人公的诉求变得模糊不清，毫无头绪。我站起身来，在屋子里盘旋了三圈，向窗外望了望，依然心烦意乱。手机安静地躺在床上，像具死尸。外面天气甚好，杨絮慵懒地飘着，或许我应该到外面透透气。

准备出门时，手机终于响了。我的心跳突然变得快速而有力。打来电话的是杂志社，他们想约我写一篇有关旅行的小说，问我是否感兴趣。我将手机举在耳边，感受着每一下急促的心跳和呼吸。瞬间，一阵刺耳的噪声穿破脑膜。我不知对那位杂志社的编辑说了一句什么，便挂下电话。天旋地转，眼前一片漆黑，这一片漆黑中却又泛着点点亮光。这地上真是冰冷！

再次醒来的时候，是半个小时后。我甩甩脑袋，艰难地从地上爬起来。我发现左胳膊肘摔紫了，左边头部也隐隐作痛，摸了下，摔出一个包来。我坐在床上，耳鸣消失了。世界再次变得平静柔和。我看下手机，又扔回了床上。日子从没这么漫长过。一切都是原本的样子，从未改变过什么。我拖着昏昏沉沉的身体走到厨房，为自己沏了一杯浓茶后，重新坐回书桌前。打开电脑，未完成的小说在那里等待着我。我盯着文档上密密麻麻的字，它们变得很陌生。半个小时又过去了。我翻看手机通话记录，李赞的名字从未在手机里出现过，杂志社的编辑却在不久前打过电话。我突然想起来，有个关于旅行题材的小说约稿，对方尚未得到我的答复。我喜欢旅行，我有讲不完的旅行故事。但由于经济原因，我很少出国，中国有太多地方还没有走遍。这个约稿我应该接下来，随后便答复了杂志社的编辑。手中未完成的小说恐怕还要再等上一阵子，我重新开了一个空白文档，写起了前年去江西婺源的一段旅行。我很庆幸编辑的来电，让我顺利度过了这个下午。

立春发来信息，说晚上老地方见。立春是杂志社的编辑，平时写诗歌，常见于各大期刊。我喜欢她这个人并不是因为她的诗歌，是她为人直爽痛快，我们交谈时，她就像小太阳般温暖着我。每周二和周六是我们固定的聚会时间，白家小馆就是我们的"老地方"，馆子小点儿，但是热闹，老板热情，酒也便宜，燕京是买三送一。好馆子就是这样，有人情味。立春和二月提前到了，他们看见我后向我挥手。二月是个文艺混子。从古至今的玩意儿他都懂点儿，诗歌、散文、小说也都写点儿，但他从未发表过任何作品，因为压根他就拿不出什么像样点的作品来。每天干的事就是东晃晃西晃晃，他靠什么来维持生活一直都是个谜。我坐下来与他们寒暄着。二月说，今天随便点儿，我请客！我说，哟，看来最近赚着钱了？二月扬扬得意地不说话。立春说，你不会又从你家里卖了幅画吧？二月说，告诉你们吧，前两天我去大栅栏，赌了一对文玩核桃，七百收的，凿开后，转身人家三千就给收了！立春说，真是剑走偏锋。我发着呆，心里不痛快。二月见着我没什么反应，就问，你怎么了？一脸少女思春的表情？我说，我就是个"坐家"，天天坐家里，哪有什么春可思？立春说，人家二月可是阅女无数，你那点儿小心思瞒不过他的。我连忙说，别瞎猜了。亚格怎么又迟到了？每次都迟到，晚上让他买单！二月说，哟，他今晚要是请客了，那这一个月他可就要靠啃方便面过日子了。立春说，还得是一袋分三顿吃。说着，亚格进来了，一脸苦闷。亚格是和我一样的自由撰稿人，专栏作家，带着厚片眼镜，头发永远乱得像爆米花。圈子里小有名气，四十出头，至今未婚，养了四条狗。二月给他介绍了无数个姑娘，但亚格一个也没看上。我们都不知道是什么原因。亚格坐在椅子上说，不好意思啊，又迟到了。立春说，你能不能下次换个开场白？亚格苦笑了下，便不说话了。我问亚格，最近是不是又写不出来？亚格想了下，轻轻点点头，这种状态已经持续快一个月了。二月说，别呀，你的广大小粉丝儿们还等着你的大作呢。我上次帮你联系的那家出版社，你们谈得怎么样？亚格摇摇头，不好。我觉得写作这条路好像走到头了。立春说，别瞎说，你其实身边就是缺个姑娘。你看人家冯唐，写什么都离不开姑娘，姑娘就是他的源泉，也是你的源泉。我们嬉笑着，亚格却仍然一脸苦笑，满脸的不幸福。这会儿，我的手机响了，是李赞。我看着手机，又塞回了兜里，继续喝着酒。手机在不停震动，我突然高兴起来，心情畅快了许多，张罗着大家干杯！数瓶燕京喝下去后，亚格醉了，他说，娶媳妇太贵了。说完这句话，他就一头从椅子上栽倒在地，不省人事。我们都觉得那是醉话。亚格和我很像，生活简单却不单调。在圈子里，认识的人虽然很多，但能称得上是朋友的也就我们几个了。每周去白家小馆喝两次酒算是个念想。

老板最喜欢我们四个聚会了，可能是因为我们喝酒喝得多，也可能是听二月和立春聊天有意思。如果大家兴致好，我们会转场去隔着三条街的杨城串吧。那家串吧是 24 小时营业的。与他们在一起似乎有着说不完的话，即使无话可说，沉默对坐也是高兴的。我们彼此惺惺相惜，在这个时代有着相同的命运。

酒局快散的时候，我略感醉意，李赞又打来电话。我决定原谅他。李赞在电话那头说，我上午参加了一个剧本会，是一部谍战电影，刚刚结束。我说，哦，会开得顺利吗？他说，剧本方面没什么进展。你在哪儿呢？我去找你吧。我说，我跟朋友在一起呢，不太方便。李赞说，不太方便？你喝酒了吗？我对着电话傻笑着，说不出话来。李赞又说，那明天晚上有空吗？我们一起吃晚饭吧。我说，明天应该可以，现在也不确定。李赞有点儿失落，我依旧傻笑着。我就这样一直听着他的呼吸声，他像一头公牛。我说，那就明晚约吧。

酒尽人散，我坐在回家的出租车上，开着车窗，感受着春天对我的善意。我打开手机，看着李赞的来电记录，想着明天的约会，想着明天的衣着，想着应该对他说的话。

3

早晨，睁开眼睛，今天依然没有阳光，猜不出是几点。我坐起身来，头痛欲裂，似睡非睡的一晚总算是过去了。洗漱，下楼买早餐，准备回到书桌前写旅行专栏。面对电脑半个小时后，我又是只字未动，有关旅行的一件也想不起来了。我有必要告诉立春关于李赞的事。立春在两年前一次文学讨论会上见过李赞，当时我也在。立春仔细想了下说，李赞？就是上次开会时骂我的那个人？我笑着点点头说，他那其实也不叫骂你，就是埋怨你几句。立春急了，拍着大腿说，他是哪根葱，还敢埋怨我！真是不想混了。我说，那谁让你不给他发表小说的。立春说，如果他连等三个月的耐心都没有的话，我劝他彻底打消混这圈子的念头。我嘟囔句，他本来也没想混。立春瞪了我一眼。那会儿立春还不知道我的心思。如果现在告诉她，会怎样？她一定会极力反对的。我想了想，不说也罢。可这件事独自憋在心里，又实在难受。我推开窗子，点了根烟，尼古丁和雾霾让我顺畅了些。事事都要顺其自然，强求不得。

出门前，我并没有特意打扮。穿着平时最喜欢的宽松柔软的亚麻黑色衬衫和一条半长的裙子，白帆布鞋。脸上擦了一点保湿霜，轻轻画了两条眉毛，便出了门。出门后觉得应该再涂点口红，便又回了家。可涂着口红去吃饭未免太过刻意，便又擦掉了。来来回回又耽误了二十分钟。第一次约会就迟到实在是说不过去，我只好打了辆出租车。

约会地点是条静谧的小胡同里，是他一个朋友开的私房菜饭馆。饭馆除了我们两个再无他人，李赞偶尔与老板朋友寒暄两句，气氛轻松。四月份的北京，风是温柔的。正适合在夜下吃饭聊天。我问他，不是不准备再继续写剧本了？他说，我试着和这个世界妥协，可是没成功。目前来看，剧本还是要写的，因为很多原因。他没细说，我知道他有他的考虑。再次见到他真好。这晚，我们都很清醒，没有喝酒。

临走前，李赞突然拉住我说，从前天晚上开始你就已经是我女朋友了，这事儿你还记得吧？我愣了下。就知道你酒量不行，那我再重新问你一遍，你愿意做我女朋友吗？原来，从昨天开始李赞就是我的男朋友了，"男朋友"这三个字对我来说很陌生。我看着他的眼睛，突然不能开口说话。无论做什么决定都过于仓促。我的上一段恋情依然停留在大学时代，毕业后试着与不同男性接触，可是都超不过一个星期。我总结过各种原因，似乎都是对方的错。所以没有比独处更适合我的了。我很确信，这算是一种疾病。自从两年前我见过他，与他在小说中聊天、生活已经两年了。

我对他说，行。

李赞很高兴，应该说是很兴奋。他抱着我说，那你搬到我那里去吧，明天我去帮你搬家。不，一会儿就去搬吧？我们一起住，一起写小说。你把你的房子退了，还能省些钱。我犹豫了下，不然你住到我那里去吧，房子还是不要退。他说，也好。晚上，他去了我家。我们看电影，聊天喝酒。他是一个细腻温柔的男人。他说，我总是嫌自己太年轻，如果现在五十岁该有多好，或者更老一点。我问他为什么。他说，我觉得现在的自己早已被这个时代结束了。我是一个陈旧的灵魂，不应该出生在这个年代。但他又说，当我遇见了你便改变想法了，这应该是我的黄金时代。我问他，你为什么喜欢小说？我觉得你更适合写剧本。他说，我曾经与小说之间是亲密爱人的关系，我深爱着它，它也深爱着我。如此纯粹，如此简单。可现在不同了。而我和剧本则是嫖与被嫖的关系，干完这一票，留下钱便可以拍拍屁股走人。没有喜欢和不喜欢这一说。电影在黑漆漆的房间里发出忽明忽暗的光来，电影声音很小，我们都看过它很多遍。我们坐在地毯上，靠着沙发，相互依偎着。李赞活动了下脖子，颈椎病是他的老毛病。这晚，我们喝了很多酒。酒精逐渐上头，我依稀记得，他最后对我说，我爸妈在我小时候就离婚了，他们对我所追求的事情嗤之以鼻，他们不知道如果没有艺术，我也许在很早之前就死掉了。

同居一个星期后，我和立春相约在了雍和宫对面的一条小胡同里，胡同里开着各式咖啡店、糖果店、服装店等。星期二的下午两点，这里流窜着各路文艺青年。我和立春在胡同里闲逛着，我对立春说，这么一条矫情的胡同不太适合咱俩。立春说，亚格给我介绍了一个时尚杂志，杂志风格略偏小清新。他们最近约我一篇稿子，是写关于文艺青年的小资生活的，我身边的大多都是文艺工作者，文艺工作者大多都惨兮兮的，他们的生活没人想看。总而言之，我得上这儿来找找灵感，看看文青的小资生活是怎么过的。我说，你不是号称自己是诗人吗？立春说，当个诗人是我毕生的理想。可是"理想"不给我饭吃。平时躲在家里，实在空虚寂寞或是觉得人生无望的时候自己偷着写写，给自己或是给你看看就行了。我那天突然想明白了一件事。跟这个社会对着干不会捞到一点儿好处，想要成功还是得混进主流媒体杂志，但是首先得有个主流价值观。那些文艺小青年喜欢的东西说白了就是主流的。我得先让他们开始喜欢我。诗，现在谁还看？我对立春说，你离郭敬明又近了一步，祝你成功。我没有劝立春"再想想"之类的话，她说的没错。

我们挑了一间可以上网，并且窗台上趴着两只肥猫的咖啡店，因为在大多情况下有猫的地方就有文艺青年。咖啡店背景音乐是节奏轻快的爵士乐，三三两两的少男少女窝在沙发里手中捧着手机或是杂志。我对立春说，或许在写作方面我也应该换个路子。服务员端来了一壶花茶说，六十八。我俩对分了账单。立春说，文艺青年比咱们有钱多了。我说，六十八在白家小馆能喝多少瓶燕京呢！立春说，希望你早日加入我们的行列。

我用食指和中指小心翼翼地掐着玻璃杯的小把儿，一口干了。我说，我和李赞同居了。他住我那儿。立春说，我觉得你们同居的日子不会超过一个月。我耸耸肩，谁知道呢。立春说，做饭洗衣买菜擦地这些小事，很快就会让你对一个人失去兴趣的。我说，我们的生活好像不存在这些问题，因为每天醒来就已经是下午了，有时候冲碗泡面能顶一天。心情好的时候李赞或我就做个炸酱面。我们对吃都没有要求。唯一的问题就是我的生活自从有了他之后，我的一切都被打乱了，我不再八点醒来后下楼买早餐，写作读书的时间也缩减了三到四个小时。立春说，你不要忘记我们每次的聚会就好。可实际上，我和立春已经两次没有参加聚会了。经过这个午后，我似乎对小说创作这条路产生了质疑。不为别的，只为那一壶六十八的花茶。

立春自从放弃诗歌后，就很少再与二月和我联系了。往后的一个月里我也没有再见过她。我和李赞同居后，日子开始变得浑浑噩噩。我们的小团体算是临时解散了。

对于"聪明"的定义我一直很模糊，按照字典上的解释是，智商高，记忆力和理解力强。到底什么样的人算是聪明的？立春和李赞算是聪明人吗？他们很快就想明白了想出名就要换个路子走，即使这条路是被他们曾经唾弃过的，并且说换就换，毫不犹豫。而我还在原地徘徊，自我催眠，单纯而又固执地坚守着心中最初的理想。有时我觉得自己很傻。

这天傍晚，李赞回到家时一脸苦闷。我问他，怎么样，剧本会顺利吗？他说，又要重新改。过了一会儿，他把三十页的剧本从包里掏出来撕得粉碎，一边骂道，去他妈的，老子不伺候了！我说，不愿意写就算了，何必为难自己。他低着脑袋像是快哭了。我说，我晚上做了炸酱面，吃饭吧。他喘着粗气说，好。我们起身坐在饭桌前。客厅里散落着一地碎纸片，我们没有去看那片狼藉，只是盯着眼前的炸酱面，半天只吃了一小口。

饭后，我们窝在沙发里。电视里播着周星驰的电影《喜剧之王》，我们盯着电视，李赞一口口吸着烟，若有所思。我说，实在不想写就算了。何必为难自己呢？他有些不耐烦，你说的都是废话，你懂什么。我说，你这是什么态度？心情不好少拿我来出气。李赞站起来，甩门出去了。这算是我们的第一次吵架，也是李赞第一次"离家出走"。当他关门的那一瞬间，我停止了呼吸。我在沙发中保持着同一个姿势不知过了多久。我看着茶几上的烟和打火机，想要将它们拿起，但身体却不能动弹，一直僵在那里。突然间耳鸣发作，天旋地转并且胃里的酸水在涌动着。我昏昏沉沉地躺在沙发上，睡了。我再次醒来的时候，李赞已经回来了。他坐在电脑边敲着键盘。我说，你刚才去哪了？李赞回头看着我，小区里坐了会。过了片刻，他又说，对不起。我没有再责怪他。我说，你在写什么？他说，剧本。地上的碎纸片已经被收拾干净了。

4

李赞和我的身材相近，同居的日子经常让我们无意间互穿彼此的运动裤或是T恤衫。搂着他就像搂着自己。五月，杨絮渐渐退散在空中。夜晚，我穿着他的运动短袖，与他一起准备去陶然亭公园散步。途中，当我们经过一个报刊亭时，一张熟悉的脸赫然出现在某本杂志中，我拉住李赞，站住了脚。我趴在那本杂志上，盯着立春的照片看了许久，照片下一行小字写着"后现代诗人、作家是如何解读当下的文艺青年们的"。李赞说，要不要买一本？我摇摇头，不用，我们走吧。

陶然亭公园充满着我儿时的回忆，大雪山依然坐落在公园某处，经历了二十年的风雨，它变得陈旧和蔼。我指着大雪山说，我五岁的时候就敢从它上面滑下来。不过现在看起来，它一点都不可怕。李赞说，我曾经说过你不适合写剧本，你知道为什么吗？我说，不知道。他说，你的内心还藏有一份天真，与成熟相比，天真是一次性的，它没有了就是没有了。我在你的小说里能看出来。我说，这句话我在你的上一部长篇小说中读到过。它已经成为你的经典语录了吧？他笑了笑，李赞老师的经典语录还多着呢，你慢慢感受吧。我说，前些天我接了一个剧本的活，没告诉你。他站住脚，看上去有点生气。他说，你应该早点儿告诉我，你不应该有事瞒着我的。我说，你生气了？他说，剧本的活你不要接。接了你也写不好，你完成不了一个剧本的。我说，你凭什么这么说？我已经签了合同，并且钱已经打给我了。不是所有人都像你一样倒霉的。李赞掉头就走，我在他身后喊着，你就是个脆弱的人，终究会一事无成！李赞站住了脚，回头对我喊了一句，那你呢！你这些年又干了些什么！你以为自己是个艺术家吗？你只会躲在家里孤芳自赏。你其实就是害怕！然后他掉头便走了。我喊着，你给我站住！他没理会我，我跑上前冲到他的背后勒住他的脖子，你给我再说一遍！李赞用力推开我。我踉跄地摔倒在地。他对我说，你自己冷静冷静。我看着他的背影，气得浑身发抖。

我冷静下来后，坐在雪山脚下。立春的照片一直印在眼前。这些年我到底做了什么事情？除了发表几篇小说外，还有其他的吗？我不敢仔细想每天的日子。我开始否定自己，对写作产生怀疑。我开始怀疑着未来以及人生。我的脸微微作痛，好像有人给了我一记耳光。我是一个脆弱的人，脆弱的人终究会一事无成。我摇摇头，对自己说，这都是李赞的错。他是一个彻头彻尾的失败者，浑身充满着负能量。或许我应该远离他。与此同时，我也不明白我为什么会欺骗他。那份合同还没有签署。我想着李赞对我说的话——我的内心里还存着一份天真。当时的我没有意识到，仅存的这份天真已经在这晚彻底不见了。天色已晚，公园里的管理员在四处游荡，赶走还在漫步的游客。我拿起电话，打给了制片方并接受了这次剧本的邀约，明天开剧本讨论会。我又给立春打了电话，本想约她喝酒，可她却已经在一个酒局里了。我说，我接了一个剧本的活儿。电话的另一头声音嘈杂，是一群陌生的声音。她喊叫着，恭喜你终于想通了。

晚上到家后，我坐在电脑前看着合同。这时门铃响了，是李赞。他一下抱住我说对不起。其实应该道歉的人是我。他一直抱着我，说他刚一走的时候就后悔了。我说，其实那份合同我还没签，钱也没有打给我。他说，你又一次欺骗我。现在拒绝还来得及。我说，但我现在已经决定了，不要再劝了。李赞说，你是我女朋友，你当然要听我的！我说，凭什么，如果要是这样的话，我们只好分手了。他盯着我的眼睛，欲言又止。最后他终于安静了，只好与我妥协。这一晚上，我们各自对着电脑，揣着对彼此的不满。李赞看样子是在修改剧本，敲打键盘的声音像是在敲架子鼓，让我心烦意乱。我说，你能不能小点儿声！他眼睛盯着屏幕像是没听见一样。我提高嗓音又说了一遍，你能不能小点儿声！他依然不动声色。我一拍桌子，站了起来，两步跨到他身前，把他的电源拔了下来。李赞从椅子上瞬间弹起来，你是不是有病！两千多个字全他妈白写了！我说，活该！他冲进卧室，席卷自己的衣物。我说，你这是要干吗？他没说话。我上前拉住他的胳膊，他用力将我推开。拎着自己的包甩门走了。关门声一直迂回在家中，久久不能散去。他把东西收拾得很干净，没有一丝他的痕迹。

与影视公司签署好合同后，预付款并没有像我预期的那样按时打到我的账上。我委婉地催过一次后，对方依旧没有音信。查过账上余额后发现，戒烟戒酒的日子又来了，就像是女人的生理期一样。我打给立春准备向她哭诉。

久违的白家小馆依旧那么有人情味，依旧那么可爱。我坐在这里与立春喝酒，像是回到了母体的子宫里。立春声音清脆，与我分享着她最近发生的事情。立春说，我最近新认识了一拨朋友，都是媒体圈的。他们这些搞媒体的人圈子特别广，人脉多路子也多，人也特别有意思。改天我介绍给你认识一下吧。我耸耸肩说，好呀。立春说，你别那么不当回事，我现在算是明白了，想要混出名堂来，圈子太重要了。一个人跟家闷头写，什么时候能写出来。说句你不爱听的，你得是个多大的才子，才能写出名来？我现在真觉得我以前那二十多年有点儿白活了。我左手握着啤酒瓶子，不自觉地抠着玻璃瓶上的商标，一语不发。立春说，别愣着了，喝酒啊。我说，我现在觉得这个世界对我充满着恶意。立春说，这个世界有多面性，看你怎么去感受了。曾经我和你的感觉是一样的，可是你看现在的我。当你和它妥协了以后，这个世界就是你的了。立春从包里拿出了一本杂志，这个送你，今天杂志社那边刚给我寄来的样刊。他们可真够抠门的，就给我寄了两本。怎么样，这照片照得还行吗？我说，照片真好看。我有种想哭的冲动，赶紧喝了一口酒，把眼泪压了下去。我把眼光投向别处，不敢看立春，现在的她太耀眼了。我对立春说，我和李赞吵架了，他把东西都拿走了，我们一个星期没联系了。立春说，我就知道，我就知道！生活上的……我立刻打断她，不是你说的那些问题。有时候我无法控制情绪，我听不得别人对我的否定和负面的话，那些话会让我变得狂躁。我现在好像无法独立生活了，可又不能长时间地与人和平共处。立春，你说我是不是病了？那天晚上也记不得喝了多少酒，最后二月和亚格好像也来了。真想就这样一醉不醒。

那年的夏天我和李赞到底有没有再见面，我怎么也想不起来了。好像见过，又好像没见过。一切都跟做梦一样。在陶然亭吵架并不是我们的最后一次争执。那晚最后李赞没走，在我家里又住了一个星期后，我们再次因为某件琐事发生了一场激烈的争执，他夺门而出。许多年后，我们再谈论起那次的争执时，彼此都很悔恨。

我以为我已经忘了李赞。可就在这时，李赞的电影终于上映了。当我看到"编剧：李赞"几个字清晰地印在宣传海报上时，我的眼睛里立刻蓄满了泪水。我在电影院门口犹豫很久，最终还是没有进去，我害怕会再次爱上他。他的电影很快在网上有了盗版，我循环播放着画面劣质的影片很多次，五次、六次、还是七次。从白天到午夜。电影讲的是什么内容，我完全不知道。只是在对着电脑发呆，脑子里闪现的画面好像更精彩。

最后那次争执没有什么缘由，只因为我有些烦躁，很想吵架。具体吵了什么已经不重要了。他彻底惹怒我的一句话是——我知道，其实你就是害怕，害怕自己一个人。我坐在床上，停止了呼吸，脑袋里瞬间被抽空了。我是如何被他看穿的？他说的没错，完全正确。我自以为隐藏得很深，结果还是被他一眼就看出来了。我像发了疯似的骑在他身上，殴打他。我希望彻底惹恼他，让他也给我一拳之类的。可是他并没有，他又说，你说你喜欢独处，那都是你为自己内心的孤独和脆弱所找的借口。你骗得了你自己骗不了我。我像一只已经中弹濒临死亡的兔子，彻底消停了。他回头看了我一眼。那眼神我永远也忘不了，他在嘲笑、可怜我。随后，他迅速收拾东西，轻轻关上门，就这么走了。除了殴打他，我应该还说了些别的，可是究竟对他说了些什么？那些话说出口的瞬间，我感到强烈的耳鸣，以至于听不到自己的声音。究竟那些话是什么，直到很多年后我都想不起来。这真是让人苦恼，我应该为我所说的话道歉，可我一点儿都记不起来了。我连和他道歉的机会都没有。此时是夜里两点半，又是这个时间。我们通常都会不约而同地在这个时间点里同时失眠。失眠的时候我们会看个电影，看着看着就会彼此依偎在一起睡着。有时看会书，随便嘲笑两句书中写得不好的地方，随意揣测作者的智慧。有时会做爱，直到两人精疲力竭，在赤裸中睡去。现在，他走了，我应该做点儿什么呢？我又开始耳鸣了。一股刺耳的声音在我的脑壳里来回穿梭，我呼吸着，感受着自己的心跳。它跳得如此剧烈。我仔细感受着我身体的每一寸肌肤、每一块骨头。它们都在隐隐作痛，甚至连手指、脚趾、头皮的这些末梢神经也在隐隐作痛。我好像病了。刚才发生什么了？我又记不太清楚了。只知道他走了，轻轻地关上门离去了。

电脑里，盗版电影依然继续。耳朵里嗡嗡作响，随它去吧，反正也习惯了。

早上睁开眼睛，看不见阳光。白纱帘遮住了阴霾天，屋里一片漆黑，分不清昼夜。我拖着倦怠的身体走到客厅。我站在餐桌前，看着眼前的咸菜丝，那是昨晚剩下来的。家里只剩我自己。这样的情境好像在很久以前出现过，我仔细回想，入了神。没错，就是我和李赞最后一次吵架那天的早晨，同样的小米粥、灌汤包和一小碟咸菜丝，同样的季节——漫天的杨絮以及我身上这同一件睡衣。我想起了李赞临走时对我说过的话——其实你就是害怕，害怕一个人。我仔细琢磨着这句话，轻笑了下，我们谁不寂寞，谁不迷茫？手机在一闪一闪地发出亮光，可是我却听不见铃声。我蹒跚地将身体挪到电话旁，来电显示是李赞。可我的耳朵什么也听不见，我盯着他的名字，直到屏幕暗淡下来。

　　无论承认这一点是多么痛苦的事，在那个自以为是黄金时代的我们都犯下了单纯而又无可争辩的错误。事实摆在眼前，我们不可否认。

站住，那个逃跑的少年

1

一个有着亚洲面孔的老头拿着份报纸，用一种我们听不懂的语言向服务生点早餐。

"你们猜他早餐吃什么？"瑞士鼹鼠呲着他那两颗硕大的门牙问我们。

"估计和前三天吃的一样。"瑞士大脏辫说。

果不其然，服务生逐次端上一份辣椒煎鸡蛋、一份烤厚土司和番石榴汁。老头并没有立刻拿起刀叉，而是像往常一样优雅地翻看报纸，之后便和前后左右的邻座漫不经心地聊两句。

"你们猜他是干什么的？方头方脑的像你们蒙古族的。怎么跑到阿斯马拉来了？还说着阿拉伯语？"瑞士鼹鼠说。

"有可能是特务。"我说。

我看着早餐菜单上少得可怜的食物，实在不知该吃些什么。由于时差的关系，我的胃口不佳，点了一杯卡布奇诺。鼹鼠和脏辫两人纷纷点了和那老头一样的早餐后，我们开始了漫长的等待。等待早餐期间，我独自走出了酒店。这是阿斯马拉最好的酒店。好到什么程度呢？好到这里偶尔有一秒钟可以连到无线网，好到这里有意大利的红酒，好到这里的服务生可以讲英语，好到这里的房间白天有热水提供，好到这里晚上七点时，一楼的大堂会成为当地最好看的小姑娘和小伙子们聚会狂欢的地方。

早上九点半，这里的街道上行人不多，阳光从瓦蓝瓦蓝的天空中毫不客气地洒在我的脸上。空气干爽稀薄。我背对着太阳，一直沿着小土路往前行。两侧土墙上三角梅怒放着。时不时有几辆颜色可爱、铁锈裸露在外的老爷车从我旁边驶过，一股强烈的尾气迎面而来。等到车子渐渐驶远后，这股尾气才会退散，清新的空气再次迎面而来。偶尔有三三两两的孩子从我身边快速走过，交头接耳地回头望着我，说说笑笑，眼中带着羞涩与好奇。我向他们挥手的瞬间，他们却一溜烟地逃跑了。

这是我们在厄立特里亚的首都——阿斯马拉，度过的第三日。明天就是玛塔与米罗的婚礼。

和玛塔的相识是在前年冬天，方家胡同的一个酒吧里，朋友的"告别单身派对"上。那个朋友是荷兰人，再过两天她就要嫁人了，不知道她是喝多了还是真的难过，在喝下去两小杯龙舌兰之后便抱着我们所有人一边讲着荷兰语一边号啕大哭。眼泪蹭到我的肩头，湿答答的。在那一瞬间，我觉得她嫁人嫁得很悲壮，像是奔着死去的。见她冷静些，我披上了大衣走出酒吧。胡同里分外安静，邻里街坊都已入睡，我像是闯入了另一个世界。夜晚的寒风让我精神抖擞，不想回家。我点了根烟，把烟深深地吸进肺里转一圈，再吐出去，这一刻，我觉得单身真好，这辈子都不想结婚。忽然间，酒吧里狂躁的音乐顺着门缝飘了出来，是一个非洲姑娘。她的肤色几乎与黑夜融在了一起，两个硕大的眼睛冒着亮光。说实话，在她冲着我笑的时候，我觉得她十分诡异。非洲姑娘走到我身旁，借了个火。

后来我知道，她叫玛塔，厄立特里亚人，和准新娘是美院的同学。我对那个国家充满了好奇。这是我们第一次见面，她向我讲述了很多我闻所未闻的人和事。她说她在北京有个美国的男朋友，想着以后可以随着他去美国。她从来没去过美国，那里是她一个遥远的梦。可在这之前，中国就是她的梦。我在心中瞪大了双眼，突然明白了什么叫作"中国梦"。这时候，准新娘突然从酒吧里东倒西歪地撞了出来，她靠在我们两个身上，喊着回去继续喝，还说待会有个巴西的脱衣舞男来跳舞，让我们谁都别走。话音刚落，她就瘫倒在地上，昏厥了过去。

我和玛塔把她拽进了出租车里后，便在寒风瑟瑟中沿着方家胡同一直向东走。那一小牙儿月亮被淡淡的云彩扫得忽明忽暗。玛塔说，自己已经快八年没有回过厄立特里亚了。我问她，你想家吗？她说，她只想她的母亲。我问，那你父亲呢？玛塔耸耸肩说，不知道，有时候觉得父亲很可怜，他这一生都在和自己较劲。他那无谓的执着把自己害得很惨，他是一个活得不幸福的人。玛塔有一搭无一搭地说着她的父亲，我听得晕头转向，不知所云。我问她，你的家乡长什么样儿？她说，很难形容，一句两句说不清楚，等我结婚的时候我邀请你到我们那去玩。我说，好啊。这天晚上我认识了玛塔，一个从厄立特里亚来的姑娘。没想到两年后的我，就真的站在了厄立特里亚的这片土地上。而玛塔的新郎也不是那个美国人，换成了一个瑞士小伙子，叫米罗。用玛塔的话说，美国人不可靠，太散漫、没担当，她这辈子都不想去美国了。据说那晚，当巴西脱衣舞男来的时候，酒吧里已经没人了。

傍晚，玛塔的弟弟吉诺和她的父亲奥古曼来与我们会合。由于厄立特里亚曾是意大利殖民地，这里的人多多少少都有些欧洲人的血统。十九岁的吉诺有一双大而明亮的眼睛，和一个高挺的鼻梁。他脖子上挎着一个专业级的尼康相机。玛塔说，相机就是他的半条命，走哪拍哪，天天做梦想当摄影师。没了相机他就得死。

吉诺给了我们一个热情的拥抱。玛塔的父亲身材笔挺而干瘦，酷似甘地。据说他是个革命领袖，当年带领着厄立特里亚打赢了与埃塞俄比亚的·场独立战争。一种敬仰之情油然升起。在一顿拥抱与亲吻过后，我们便开始了正式的晚餐。

这里的餐厅没有桌椅，而是一块块的手织地毯，我们席地而坐。鼹鼠的韧带不是很好，无法像我们一样盘着腿，只好跪在地上。

我们看着晚餐菜单，面面相觑。

"我的天呀，这家餐厅居然有虾和鱿鱼。"大脏辫的眼睛金光闪闪。

奥古曼低着头，眼珠子越过眼镜瞟了他一眼，又把目光聚焦在了牛肉那页。

吉诺挥挥手，招来了服务生。

"一份炸虾，和一份炸鱿鱼圈。"大脏辫兴致盎然地说。

"不好意思，虾和鱿鱼圈已经断货两个星期了。"服务员说着。

"那其他的海鲜有什么？"大脏辫追问着。

"现在店里只有羊肉和牛肉，主食有米饭和英吉拉。"

"你可真会开玩笑，怎么会没有海鲜呢？这城市旁边不就是海吗？"

奥古曼把屁股挪了挪位置，用手推了一下架在鼻子上的眼镜说："我们这里的特色是炖牛肉配上英吉拉，我建议你们试试。海鲜有什么好吃的，尤其是虾，那股腥味真是令人作呕。"

吉诺抿着嘴，用鼻子哼了一声。

"这里真的没有海鲜吗？"我小声地问吉诺。

"很少会有，政府把绝大多数的海鲜都卖给苏丹了。他们给的价格高。"吉诺说。

这时候，墙上挂着的小电视报道了一则新闻：画面里，两个男子趴在土地上，后背被鲜血染红了。其中一男子的手抓着铁丝网，没撒手。吉诺用一种恐惧的眼神盯着那画面，奥古曼却在一旁喋喋不休地抱怨着海鲜的腥味。吉诺的魂儿仿佛已经伴着新闻主播的声音飘去了事发现场，又伴着两个死去的男子飘向了另一个世界。

"出什么事了？"他被我吓得哆嗦了一下。

"又有两个试图从这里逃出去的人被击毙了，真可惜，那个男人差一点就成功了。就差一点。"吉诺在说出这话时小心而谨慎。

"这里经常会有人逃走？就像朝鲜那样？"我问。

他注视着我的眼睛，似乎看到了一丝信任的目光。

"虽然我不知道朝鲜是什么，但我告诉你个秘密，这里的大部分人都有这样的想法。可只有极少数的人敢付出行动。"

"那你呢？"

"我可没那么大本事。"吉诺耸耸肩。

2

奥古曼和妻子坐在沙发上吃着前天剩下的炖牛肉和酸味发面饼。妻子用后槽牙咀嚼着老得像腐朽橡胶一样的牛肉，每吞下一块牛肉都需要花去好长一段时间。这顿饭已经吃了快一个小时。妻子越嚼越生气："咱们已经有快半年没有吃过鱼肉虾肉了。"奥古曼没作声，十月份的雨稀稀拉拉地已经下两天了。雨水从餐厅的天花板上有节奏地一滴滴掉在铁桶里。"早知道生活是这样，我早就跟着米诺到埃塞俄比亚去了。"奥古曼从鼻子里哼了一声，继续说，"你都不知道，当年那可恶的埃塞人是怎么虐杀我们俘虏的……"妻子立刻打断了他，受不了他的陈词滥调，立刻岔开了话题："这个国家马上就要完蛋了，说不定再过几年我们连老的像橡胶一样的牛肉也吃不上了，到时候我看你这个校长还怎么继续当下去。"淅淅沥沥的小雨让奥古曼的腰感到一股股钻心的疼，以至于连呼吸都感到困难。但他还是坐在沙发上一动不动，盯着二十四小时直播的麦加朝圣的画面，盯着教徒们一圈圈地围着那方形的大帐篷朝圣的景象，那景象像施了魔法一样让他着迷——那是奥古曼朝思暮想的地方。妻子终于忍受不了，端着碗走到院子里的厨房，把嘴里的牛肉吐到了地上，隔壁家老伊斯的长毛狗迅速将其叼进了嘴里。奥古曼的屁股还是没有离开沙发，而对于妻子的抱怨，他早就习以为常，并感到无所谓了。

午饭过后，吉诺回来了。外面的雨把他浇成了落汤鸡。他在门口甩了甩了脑袋上的雨，径直走回了自己的房间。

"每天也不知道都在忙些什么。"奥古曼嘟囔了一句。

阿斯马拉十月份的细雨就像是老黄牛的口水，黏黏腻腻，没完没了。由于嚼了三天的牛肉，妻子的腮帮子和太阳穴开始酸胀，就连开口说话都困难。细雨终于暂停了，她走到了后院，迎着阳光准备挑一只年龄适宜的羊羔。

妻子嘴里吹着口哨站在小院的灶台前，用木勺搅着锅里的炖羊肉。此刻是傍晚五点，她已经站在那里三个小时了，而她依然乐此不疲地往锅里撒着各种香料。村子里的孩子们拉帮结伙地趴在栅栏外，痴痴地望着那锅炖羊肉，这股从锅子里飘出来的气味像是种神秘的召唤。而这股浓烈的肉桂味并没有让奥古曼记起明天就是大女儿玛塔办婚礼的日子。他看了一眼日历后，在低矮的屋子里转来转去，"砰"的一声，头撞到了天花板的吊灯上。

昨天，是政府拨款的日子。

"这该死的灯！"

暴雨前的闷热让他烦躁不安。他捂着脑门踱步到小院里，冲着隐藏在白色蒸汽后面的妻子喊道："别再吹口哨了！"

"我只有吹着口哨的时候才知道怎么炖羊肉！"

"难听死了。"奥古曼嘟囔着，走出了小院。妻子口哨吹得更起劲了，竟然吹出了旋律。

奥古曼开着他那辆上个世纪八十年代被日本淘汰下来、不知道被倒卖了几手的丰田轿车缓慢地跟在一群老黄牛的屁股后面。奥古曼使劲按捺住自己焦躁的情绪，摇下车窗。

"老伊斯，麻烦把你的牛群赶到一旁。"

"是校长啊，看天色马上就要下暴雨了，你这是去哪儿？"老伊斯不紧不慢地说。

"我去学校，有急事。"

老伊斯赶紧把黄牛哄到了小土路的一侧，奥古曼一脚油门开走了，留下了一股呛到令人窒息的尾气。

从外表上看这所大学更像是被炸过一遍的废墟。而事实上它的确被炸过一次。那是一九九八年和埃塞俄比亚打仗的时候，随着一声巨响和滚滚的浓烟，这所厄立特里亚最著名的大学被炸得支离破碎。战后两年，由于政府资金不足，只维修了一半便停工了。尽管这样，每年报考这所大学的学生仍然数不胜数，因为说不定什么时候，就有机会到中国或是其他国家做交换学生，从而逃离出去，就像奥古曼的大女儿玛塔一样。

奥古曼像往常一样坐在他那破旧不堪的校长办公室里翻阅报纸，每当四下无人，他就喜欢把自己窝在已经深深凹陷、没有任何弹力的沙发里。如果这时有人敲门进来，他便会立刻从沙发上弹起来，整整衣服，把身子挺得笔直，再摆出一副庄严的神情。

在他办公室的墙上，挂着一幅巨大的毛泽东画像，而那幅画像则是用来遮挡那块脱落掉的墙皮的。几幅他当年参加厄立特里亚独立战争时和队友，以及独立后与国家领导人握手的照片摆在了他那巨大而又不怎么稳当的办公桌上。而整个办公室，只有那毛泽东的画像是干净完整而富有生命力的。此刻是中午，强烈的阳光让他昏昏欲睡。可就在此时，突然有人敲响了他办公室的门。

"校长，这个是今年我们与中国做交换生的名额，总共两名。"副校长把手里的文件放到了他的桌子上。

"其中一个名额是去中央美院摄影系的。另一个是电影学院戏文系的。"副校长继续说，"我知道，您的儿子吉诺是摄影系的，是不是考虑让他……"

奥古曼从他硕大的眼睛里向副校长投去一个锋利的眼神，副校长立刻闭了嘴。

"那……还是和往常一样，由考试成绩的排名和作品来决定吧。"说罢，副校长转身离去。

"副校长先生，政府那边回信了吗？"

"还没有呢，校长。"

"寄过去有多长时间了？"

"已经一个多月了。"

"确定地址没有写错吗？"

"确定没错。"

"政府也是需要时间审批的，再等等吧。"

副校长转身离去，轻轻关上了门。

3

玛塔的面容惆怅中带着点不耐烦，她已经坐在姐姐开的理发店里五个小时了，而此时假发还是散了一地。那一堆浅棕色的假发变成了苍蝇和臭虫的天堂，它们在上面尽情地飞舞、攀爬着。

"我们还有多久可以结束？"玛塔的头一动也不敢动，只有硕大的眼球在向上转动，望着姐姐。

"还有两个小时，如果你不剪掉头发的话，恐怕我们早就可以去和吉诺他们吃晚饭了。"姐姐边说边拿起在火炉上烤得滚烫的烙铁，轻轻吹了下。玛塔的眼球随着姐姐手中的那块烙铁移动着，露出了一种难以置信的表情。

"真是难以置信，都什么年头了，居然还在用这玩意儿烫头发。"玛塔埋怨着。

姐姐用力揪起玛塔一侧的头发，以至于她的脸也歪了。然后让她身边那个九岁的姑娘从地上拾起一缕假发，在旁边盛着浑水的小铁桶里浸了一下。姐姐手法娴熟地将那缕湿漉漉的假发编了进去，在她的头顶上高高盘起。

明天就是她和米罗的婚礼，可她的脸上没有露出一丝喜悦的表情。按照阿斯马拉的当地习俗，婚礼要进行三天。而由于玛塔和米罗两人是奉子成婚，玛塔是不能在清真寺里举行仪式的——她已经不是处女之身了。所以，她的婚礼只有两天，可这对她来说，却是松了一口气——她不用顶着那二十几斤的头发及饰品在七百个族人的众目睽睽下站上四五个小时了。可即便如此，她还是一脸的若有所思。她想起那个清真寺的阿訇对她说话时的语气，就像对待一个妓女。一想到这，她的心脏就像包着一层塑胶纸。

夕阳早已布满了这片土地，玛塔透过理发店浑浊的落地玻璃窗，望着远方那发着金光的羊群，光着脚丫骑在牛背上的孩子们，和那棵已经死去的百年大树。一个动作矫捷的身影穿梭在枝干间，就像是某种动物。他将双腿挂在树枝上，将身体倒了过来，冲着玛塔挥挥手。玛塔看着他高兴地笑了，可过了一会儿又哭了。眼泪在她硕大无比的眼眶边上直打转。她望着他，像是以后再也不会见到他了似的。

她已经离开这里十年了，这里的一切都不曾改变过。此时，村落的大喇叭响起了阿訇的婚礼祷告。姐姐和那九岁的姑娘立刻放下手中的假发和烙铁站起来，闭上眼睛低下头，双手交叉垂在身前，随着阿訇默诵《古兰经》。玛塔随即也站起了身，望着窗外那一片金灿灿的土地。那树干孤零零的影子渐渐拉长，直到一切都浸在黑暗中，而那个男孩也消失不见了。村落的大喇叭终于安静了，然后整个世界都安静了。姐姐理发店的灯也"啪"的一声断了电。

"快去把蜡烛点上，取三根过来。"姐姐对九岁的女孩说。

那女孩在黑漆漆的屋子里，迅速地点燃了蜡烛。火苗飘忽不定，镜子里的自己忽明忽暗。

早上五点，玛塔被街上的喇叭吵醒了。她躺在床上，听着阿訇悠远而低沉的声音无法再次入睡。而此时，她的父亲奥古曼和她的继母已经洗漱完毕，开始默祷。奥古曼身材笔挺而修长，穿着昨天从成衣店里租来的一直垂到膝盖的长褂子和白色宽松的布裤子，那褂子的扣子一直系到他的喉结处。而玛塔的继母头上蒙了一层白色头纱，又穿了件白色蓬松的大裙子。她在默祷时，那双画满海娜的双手不停地揉搓着头纱的边角——今天是玛塔婚礼的第一天，她又激动又紧张，以至于双手已经无处可放，只好揉搓着头纱的一角。在这六十平方米昏暗的客厅里，两人面朝东侧，面颊被夕阳烘得金灿灿的。四十分钟过后，那租来的头纱已经被她揉搓得脱了线。

婚礼是在下午举行，说是下午两点，可所有人都像是约定好了似的，全部迟到。奥古曼的二儿子在埃塞俄比亚做建筑工人，回国参加玛塔婚礼时意气风发，开着一辆德国进口的SUV，身着深灰色的西装。他站在一个不起眼的角落，奥古曼早就当没有他这个儿子了。可就是如此，族里女人们都还在暗地里你推我拱地窃窃私语议论着他，时不时地用白色纱巾遮挡住脸羞涩地嬉笑。

玛塔抱着淡棕色皮肤的儿子笑得很难看，而她怀中两岁的儿子瞪着双硕大的眼睛，满脸的茫然。她的老公和三个从瑞士远道而来的伴郎却异常兴奋，交头接耳，偶尔露出诡异的笑容，这七百人的婚礼和声势浩大的场面他们还是第一次见。

奥古曼紧锁着眉头，挺直身子，将下巴高高地翘起来，眼睛里流露着一种为当今社会欣欣向荣的景象而感到欣慰的神情，就如同看着自己的孩子一天天茁壮成长所带来的幸福和自豪。而另一方面，当他一想到玛塔怀中这个棕色皮肤的孩子时，心脏就又立刻收紧了。他站在台上开始焦虑，双手背在身后不停地揉搓着，又用另一种眼神观察着族人们的眼神和嘴巴。族人的交头接耳让他脸上发烫。他不知不觉地走了神，随着焦虑的心情想到了政府的拨款信件，又想到了仍是一片废墟的学校。他长又弯翘的下巴随着脑袋而左右摇摆着。他突然想赶紧结束这个令人焦躁而又荒唐的婚礼。

天气格外晴朗，阳光把所有的事物都照得闪闪发亮。树上挂着的大喇叭放着欢快的音乐。奥古曼站在台上，此时此刻的他觉得族人们甚至整个国家都在过着幸福洋溢的生活。想到这，他把头仰了仰，双手背在身后。在这惬意温煦的下午他露出了欣慰的表情。可族人们的眼神却纷纷落在了摆在奥古曼身后的那两大锅的炖牛肉上。孩子们光着脚跃跃欲试，准备等仪式结束的第一秒，去抢伴娘篮子里那些甜得可以腻死人的糖果。这些珍贵的糖果是玛塔大老远从北京背过来的。

婚礼的演出乐队在台子上敲着达拉普卡鼓，拉着里拉琴。节奏欢快，族人们纷纷有条理地向后退，空出了一个圆形的空地。由族里最年长的阿嬷率先入场，那位阿嬷的面容已经被皱着的皮肤掩盖住了，但在午后的阳光下，她皮肤凸起的部分仍然闪闪发亮。她在场地的边缘抖动着肩膀跳起舞来。玛塔一家就座，我和瑞士小伙子们站在台子上一边尖叫着，一边学着那些妇女们抖动肩膀。奥古曼瞪了我们一眼，嘴里嘟囔了句什么。

随着乏味的音调，我和瑞士鼹鼠一瓶又一瓶地喝着当地的一种酒。那酒味道有点像豆汁儿，很快我们就喝醉了。我们跳到人堆里，疯狂地跳舞、疯狂地笑。

再次睁开眼睛的时候已经是傍晚了。我盯着天花板，整个房间在迅速地旋转，我听着大街上的塑料大喇叭里嚷嚷着阿訇的祷告词，那声音低沉而悠远。阿訇每一句话的间歇，都有猴子在放肆地尖叫着。之后，我又昏睡了过去。

4

玛塔得知我们是潜水爱好者后，便安排了我们去马萨瓦城附近的一个岛屿，她说那一带的海底有着红海最美的景色。

阿斯马拉到马萨瓦城开车需两个小时。这趟行程对于当地居民来说是一趟奢侈的旅行。在有限的汽油供应中，这为时两个小时的路程会耗去相当一部分的汽油。

从酒店望过去，马萨瓦像是个空城，凋零残破。后来我得知，在1990年的时候埃塞俄比亚军队空袭了这里。我们刚进城，几只乌鸦突然从废墟堆里蹿出。所有的建筑都是三四百年前土耳其人建的。可以看出，这里以前是个很繁华的城市，夜店、酒吧的招牌到处可见。只是，现在大门紧锁，只余残垣断壁了。玛塔说，九年前，政府把这里大部分的女人都抓走了，她们就被关在那座山里的监狱。她指了指远处云雾缭绕、群峰连绵的山脉。原因是她们全是艾滋病携带者，后来这里的人也越来越少，不到一年的时间，这里就变成空城了。由此推测，这里曾是个著名的红灯区。

一个小男孩只身赤脚走在无人的小土路上。当他回头发现我们的时候，驻足在原地片刻，冲我们咧嘴笑着。我拿出手机准备拍照时，他欢快地跑向了我，然后摆了一个姿势。我迅速拍了几张后，小男孩主动与我握了手。他自然地开始乞讨，说着：eat，eat。他无法说出整句的英文，只好一直说着"eat"这个单词。我双手拍兜，遗憾地摇摇头。我们正准备转身离去时，这个小孩一直跟在我们身后说："water, water"，鼹鼠只好把手里喝剩下的半瓶矿泉水给了他。他站在原地，望着我们，直到我们的身影消失在下一个拐弯处。

傍晚，我们乘船离开了马萨瓦城，离开了这个被人遗忘的城市。

经过三个小时的航行，我们终于到了这个荒无人烟的岛屿。我和玛塔以及三个从瑞士来的商务嬉皮，横七竖八地把身体随意瘫在马萨瓦海滩上，我们借着惨白的月光聊大天。天呀，这里的月光真是耀眼，把我们每个人的脸都映得那么清晰。我和玛塔脸对脸，离得如此之近，但尽管这样，她那双毛茸茸的大眼睛仍然那么模糊，两只眼睛好像变成了一只。海浪在这没有人烟的岛屿上显得更加肆无忌惮，有时平静得像滩死水，有时狂躁地将海浪狠狠地拍在我们身上。

"你们说，这片海像不像是在抽风？"瑞士鼹鼠说。

过了一会儿，我们不约而同地哼了一声，表示赞同。

"我们来这几天了？"玛塔问。

"好像有四天了。"我说。

"我突然有种被世界遗忘的感觉。"瑞士脏辫说。

"这个感觉好吗？"瑞士鼹鼠问。

"怎么说呢，总体感觉还不错。"瑞士脏辫的话音刚落，那两头瘦骨嶙峋的驴先生就在我们身后不远处的山坡上，此起彼伏地对着月亮咆哮着。我们一席人谛听着，这咆哮声又像是对寂寞的呻吟。玛塔望着远处黑压压的一片，入了神。两个瑞士人开始用瑞士语聊天。他们的声音随着海风忽远忽近。

这是厄立特里亚西部的一片海滩，没有电，没有手机，没有网络，没有音乐，没有一切。除了几袋了空心粉以及瑞士人带来的一瓶威士忌以外，我们再无其他食物。我们被"流放"

到这个岛上为期四天。不远处的岸边，停靠着送我们从马萨瓦城过来的一艘破旧的游艇。它摇摇晃晃地飘在海面上，裸露在外面的铁锈展示着它已历经了的风雨。岛上有一座废弃的石头屋子，角落里布满了沙子和蜘蛛网。里面有一桶淡水，可供这几天简单的洗漱和饮用。我们暂且住在这里。山坡上的两头驴先生闪闪发亮，像是被一团光所包围着。它们在这个寂寞的夜晚无所适从地东张西望。与它们做伴的是一只羊和两只猴子，不知它们在这里生活多久了。

玛塔说她已经快十年没有回来过了，下次回来又不知是什么时候了，所以她想再看看这片海和这个被人们所遗弃的马萨瓦城。

我们轮流喝着那瓶威士忌。

"让我们敬这片海！"

"让我们敬这片星空！"

"让我们敬寂寞！"

"让我们敬奥古曼！"

"让我们敬这瓶威士忌！"

我们都已微醺，准备回房睡觉，可没多一会儿，又纷纷从石头屋里走出来。

"真热！"瑞士胡子说。我们面面相觑，最终还是决定睡到外面。汗流浃背地吹着海风，凉快多了。这时，驴先生睡去了，两只猴子在沙滩上迎着月光手舞足蹈。一个巨浪拍在沙滩上，几滴海水溅在了嘴角边，苦涩极了。我们都无法入睡，三个瑞士人轻声哼起了他们的民歌。

"还记得我们第一次见面的时候吗？"我问玛塔。

"当然，是在小鱼结婚前一晚的单身派对上。那天他们都喝醉了，除了我们两个。"

我们笑而不语，片刻玛塔又说：

"结婚后，我就再也不回来了……再也不回来了。"

玛塔的意思我明白，便没有再追问下去了。

瑞士脏辫已经鼾声四起，那两只猴子不知了去向。只有瑞士鼹鼠还在一个人继续哼着歌，但声音小了很多。

星星逐渐隐去，白昼降临。太阳渐渐从海平面上弹出来。我几乎彻夜未眠，总觉得驴先生会趁我在睡梦中时一脚将我踩死。我坐起身来，抖落着沙子。身边的两三只寄居蟹一溜烟儿地逃跑了。

其余四人还在沉睡。残余的酒精尚未彻底散去，我昏昏沉沉地向石头房子走去，用塑料盆挖了一点儿清水，从头顶浇了下去。驴先生卧在另一个山坡顶上。这里的清晨是一如既往地静谧，除了海浪声便是偶尔从天边传来的两声海鸥的尖叫。我沿着海边散步，太阳一点一点地从海平面升高，阳光渐渐洒满了整个海面和岛屿。

我绕过山后，想找个地方方便时，眼前的景象却让我目瞪口呆。一面巨大的、用树干和麻绳搭建起来的网状墙壁，竖立在两艘破旧的游艇之间。无数个高矮不一的木桩分散在网状墙壁下的一片白色海滩上，就像是金庸小说中的"梅花桩"。说实话，这一瞬间，我觉得自己像是在梦游。此时四下无人，我渐渐将身体移向这片诡异的地方。网状墙壁的树干光滑圆润，像是被精心打磨过。

"爬上去试试看？"吉诺突然从我后面冒了出来。

"怎么是你？"

"爬上去试试看？"他又重复了一遍。

我摇摇头，突然觉得天旋地转。说着，吉诺跑到"梅花桩"的另一头，绕过几乎所有的木桩，像猴子般地一口气蹿到了网状墙壁的顶端。他荡着双腿，在上面冲我咧着嘴，傻笑着。看完这一套动作后，我一下就吐了。

我和吉诺躺在温热的海滩上，感受着海风的抚慰。吉诺半睁着眼睛看着那面巨大的网。

"你知道这后面是什么吗？"吉诺问我。

"你指的是什么？"我问。

"这面网的后面。"

我摇摇头。

吉诺笑了下，然后开始放声大笑。他突然跑了起来，沿着海滩飞快地奔跑，疯狂地奔跑。他又在远处做了几个后空翻。他脱下上衣，又跳进了海里。他的身影逐渐缩小。此时，这个海滩和这片海是属于他一个人的。

后来吉诺告诉我，这套设备是他像蚂蚁搬家一样坐船从阿斯马拉运过来的，为时半年。具体是做什么用的他没仔细说。只是告诉我，这个世界不会因为他变得更好，也不会因为他变得更差。面对这个自己无能为力的世界，他唯一能做的就是掌握自己的命运。这个地方是属于我们两个之间的秘密。直到如今我也从未和任何人提起过。我想，那个秘密基地早已不复存在，已经还原成了它本该有的样子——时而有海鸥飞过的，一片静谧的白沙滩。

5

按照奥古曼的习惯，每天晨礼结束后，他便会回到自己的书房看会报纸或是写日记，记录头一天发生的事情。玛塔的继母则会到院子里做早饭。而今天，奥古曼回到书房后，环视了一圈挂在墙上的油画，像是预感到今天会发生什么事情一样。油画大大小小共二十几幅，这几乎都是在玛塔去北京的中央美院做交换生之前画的。而其中一幅画是一片绿油油的森林里支起了一个小火堆，火堆上烤着某种动物，旁边放着一个小水盆，是当时接生玛塔时用的。再离火堆不远处有一个土坑，那就是玛塔出生的地方。奥古曼对着这幅画发着呆。因为在玛塔出生不久后，这片森林里就响起了埃塞俄比亚军队的枪声。她的母亲就在这场战役中死去了。

一个个血肉模糊、枪林弹雨的画面又一次充满了他的大脑。他眼前是一片被烟熏得模糊不清的世界。他站在残垣断壁里，挥动着那细得像树枝一般的胳膊，示意部队向前冲。他瘦骨嶙峋的躯体像是一架宁死不屈的骷髅。他骄傲地认为厄立特里亚人民之所以有现在的幸福，完全是因为他们当年立下的汗马功劳。每当想到这，他总是喘着粗气并且热泪盈眶。

奥古曼走在淅淅沥沥的雨里怅然若失。

他拖着绵软的身体回了家，径直钻进了蚊帐里，用薄棉被把自己的上半身紧紧地包裹起来。奥古曼半张着干裂的嘴唇。阴雨连绵的天气让他的腰部又开始感到无比酸胀，他半阖着眼睛直勾勾地盯着天花板，眼前似乎出现了一朵黑色的莲花，那莲花在天花板上匀速旋转着，并且无限蔓延，它顺着墙壁蔓延到了墙根，又蔓延到了桌子、椅子、水泥地上，整个屋子被这朵黑色的莲花吞噬着，天旋地转，他嘴里似乎念念有词，但就连他的妻子也不知他在说些什么。

又过了两天，天气放晴，奥古曼的烧慢慢退去了。他昏迷了两天，可对他来说就像是度过了一个夜晚而已。

"现在是几点？我好像睡了很长一觉，做了很多梦。梦到我又回到了打游击战的时候，那种感觉真是太糟了。"

"已经二十五号了。你昏睡了两天。"妻子在旁边把他头顶上的毛巾拿了下来，又在水盆里蘸了蘸水。

"二十五号？"奥古曼若有所思地重复了一遍。

"今早有你的一封信，我放到咖啡壶旁边了。"

"你怎么不早点儿跟我说！"他从床上爬下来，光着脚，拖着瘦骨嶙峋的躯体走向了客厅。当他拆开信件后，眉毛抬了一下，又垂了下去。

"亲爱的奥古曼先生，您的重建校园基金申请，经过我们的反复讨论，最终决定批款全额的百分之三十，约等于五万厄币……感谢您为……"他叹了口气，没有再继续看以下的内容。

"五万……连个房顶都修不好！"他走到屋子外面，又是一地金灿灿的夕阳。老伊斯赶着黄牛往家走，就像往常一样。这天，对于老伊斯来说是个再平淡不过的星期五了。

而就在这个星期五，奥古曼觉得自己已经死了。

又是一年一度的毕业典礼，这在阿斯马拉算是一个盛事，孩子的家长会穿着家里面最好的一套衣服。而对绝大多数孩子来说，这不仅是一个简单的毕业典礼，而是决定人生命运的一个重要时刻。

奥古曼穿着他参加玛塔婚礼的那身黑色麻料礼服，把扣子系到了脖子根。他把身子挺得笔直，当他在破旧的礼堂上准备宣布本届去中国做交换生的名字时，台下的学生都死死地盯着奥古曼的嘴，此刻只有雨水从天花板掉在水桶里的"滴答、滴答"声。当他宣布摄影展的冠军是吉诺的时候，台下四处张望寻找着他。经过一阵短暂的骚动后，奥古曼清了清嗓子，礼堂内又迅速恢复了安静。伴着"滴答"声，那双大而凸起的眼睛透过眼镜片在快速地转动着。他故作镇定，又继续念到下一个交换生的名字。

当所有人都四处张望时，只有玛塔面带微笑。因为此刻，她的弟弟吉诺已经在埃塞俄比亚的土地上快乐地奔跑了。

满月

1

六年后，我的头发几乎长到了腰，搓成了一缕缕的脏辫，满脸胡须。一群蚂蚁忙忙叨叨地爬向放在我旁边的椰子壳里，像是去朝拜。这让我忽然间想起了高考那年。父亲在大年初一的清晨五点钟把还在梦中的我拽醒，我们挤到雍和宫前，等着烧香。那条颇为文艺的五道营胡同里，瞬间挤满了号称自己卖的香火比"里面"便宜的小商贩，以及黏在别人屁股后面滔滔不绝地能说出你前世今生的算命先生。终于，在比较了四个小商贩之后，父亲决定买了二十块钱一小把的香火。

大年初一的天气格外晴朗，父亲迎着太阳说："你知道这么好的天气意味着啥吗？"他停顿了下，"新年新气象！"我使劲将眼皮撑得最大，以示对佛祖的敬畏。父亲又说："老天真是开眼，知道你今年高考。"我们被淹没在浩浩荡荡的人群中，不远处，一团团浓烈焦躁的烟雾缭绕在半空中。烟雾下的人们双眼紧闭，嘴里念念有词，面对着佛像鞠躬或是跪拜。父亲被停滞在人群中，心中无比着急。我们逐渐接近大殿，他拽着我的手臂，挤到前面点起了香火。我看着父亲无比虔诚的样子，突然感到一阵悲凉。我学着父亲的样子，紧闭双眼，将香火夹在双手之间。我低下头，对着佛像鞠了三个躬。可一紧张，竟忘了向佛祖许愿。可此时的我已经将双眼睁开。我左顾右盼，父亲嘴里仍然念念有词，我不知所措，又怕旁人察觉到我睁开了眼，认为我是一个伪佛教徒。于是，我又鞠了三个躬，将香火插在巨大的香炉里，算了了事。父亲没有说一句话，插完香火便带着我向大殿的后方走去。我抬头望向这尊巨大无比的佛像，突然害怕起来，我感到他的眼睛在盯着我。

回到家时，是早上八点。母亲一早便急忙出去了，父亲没有回家，直接从雍和宫去了单位。我精神恍惚地走到厨房里抓起一个已经凉透了的酸菜馅饺子，随后便又躺回了床上。我望着这难得的晴空万里，感到无比虚无。我突然觉得所有的事物对我来说一点都不重要，包括高考。

思绪使我陷入了一阵恐慌。一阵大麻味飘过，把我拉回了

A岛上。海浪啪嗒在灰色的沙滩上，远方乌云密布的天空和浅灰色的大海混在了一起。我长长地吐出了一口气，觉得自己是这个世界上最幸运的人。

今天是我到这里的第六年。晚上在这个岛上即将有一个派对，派对的名字叫"满月"。

派对的这天早晨，我和往常一样，和几个从欧洲来的嬉皮士在离海不远处的小山坡上做瑜伽。他们三个人旅居世界各地，两男一女，分别来自荷兰、丹麦和美国。荷兰人和丹麦人的头发不知几个月没有洗过了，他们把头发严密地藏到了一顶巨大的帽子里。从美国来的女孩则随意地把辫子系成一个扣挂在脑后。我们各自寻找属于自己的那块领地，将瑜伽垫子铺在了一块较为平坦的地面上。我们慢慢坐下，做出婴儿体式，开始了新的一天。

在A岛这样慵懒的地方，早起是一件极其令人头疼的事情。我的身体僵硬得像一块钢板，瑜伽对我来说是一件遥不可及的事，当然我也并不向往它。我深深地记得，黄小玲就喜欢瑜伽。她每星期会上三节瑜伽课。她也曾叫我一起去，觉得我总是佝偻着后背，并且因为职业的关系患有严重的颈椎病。她坚信瑜伽可以将我治愈。可在那时，她所说的一切我都不相信，甚至嗤之以鼻。

与这三位嬉皮士成为朋友是在我来A岛的半年后，我们是在满月派对上认识的，当时我们都神志不清，在一轮明晃晃的月亮下，指着海的远处大声嚷嚷着，西班牙的舰队向我们驶来了。我们欢呼雀跃，都为自己即将要去世界的另一头冒险而感到激动。我们抱在一起，突然又痛哭流涕，就在这种恍惚、复杂的情绪中昏昏睡去。醒来后，是第二天的清晨，海滩上布满了像我们一样前一晚昏厥的人，放眼望去，场景颇为瘆人，像是一片没有鲜血的战场。后来才知道，当晚我们并不认识彼此，甚至说着不同的语言，但在那个时刻，我们却像是兄弟姐妹一样地爱着彼此。

我喜欢和这三个人在一起，想把自己变成和他们一样。留着一样的脏辫，一样刺着泰国文身，一起抽着大麻，一起做瑜伽。我甚至迷恋他们身上那股酸臭的味道，觉着这才是嬉皮士应有的。甚至有时，我为自己头发上的洗发水的清香而感到耻辱，并且下定决心，以后再也不洗澡了。既然要做一名合格的嬉皮士，这点意志力是一定要有的。我曾尝试过连续八天不洗澡，我扬扬得意，觉得身上已经隐约有了酸臭的味道。但当晚，我辗转难眠，觉得有一万只蚂蚁在身上慢慢爬。突然，我认为这种忍耐毫无意义，于是立刻冲进淋浴室。那时头发只到肩膀，洗起来很方便。我躺在床上，又觉得这股清香的味道和清爽的感觉充满着罪恶。经过六年的努力，我终于养成了一个星期洗一次澡的习惯。不仅如此，我还改变了我的饮食习惯——迄今为止，我已经食素近两年了。

丹麦人的名字颇为复杂，他教了无数遍，我们也无法准确地发音。经过商量，我们给他起名为安徒生。荷兰人叫鼹鼠，他的朋友们也都这么叫他。他有两个硕大无比的门牙，而两颗牙齿之间还有一条清晰的缝隙。他三十来岁，头发全部掉光了。他说，这是遗传，从他的爷爷开始就是光头。由于他们三个长年住在A岛山上的小木屋里，洗澡变成了一件困难的事。当然，这对他们来说也是极为不重要的。美国女孩说大家都管自己叫"药丸"，因为她坚信瑜伽可以治愈一切疾病，所以抵制一切药物。药丸常年都会在住处烧泰国特有的一种香，她从头到脚，甚至连呼吸都有一股特有的香味。

我跟着他们做了一套瑜伽后，神清气爽，觉得身子要飞起来了。我们坐在茂密的树丛间感受着彼此的能量场，听着海的声音和身后猴子的尖叫。药丸来此地已经七年了。据她所说，每天清晨和傍晚的瑜伽是她不生病的秘诀。这天她身体似乎有些抱恙，当我们做了一个巴拉瓦加式（下身盘坐，上身尽力扭向身后）的时候总是会咳嗽两声。因为这个体式会锻炼到人体的肺部。我与安徒生和鼹鼠互换了个眼色，都没有作声。药丸最忌讳别人问她是否生病了。瑜伽对于她来说是不可置疑的，有点类似于宗教的意思了。这点令我感动不已，又对自己的愚钝感到无比羞愧。

鼹鼠和安徒生并没有因为长期食素的原因变得消瘦或是面显菜色，反而黑里透着红，他们自己说是长时间做瑜伽和每天暴走、暴晒的效果。刚结识他们的时候我曾询问过，他们的宗教信仰是什么，可他们纷纷摇头。只有药丸说，她曾短暂地成为基督教的慕道友，可在洗礼的最后一刻决定放弃了，而放弃的原因是她觉得自己对上帝仍存有疑惑。听闻他们的言说，对于还在寻找一个心灵归属地的我来说是一个巨大的打击。对于这个话题我们没有再继续下去。

一套瑜伽完毕后，药丸去了岛上的集市里卖她从印度学的绕铜首饰，安徒生坐在路边为游客画肖像，鼹鼠则坐船去了另一个岛卖大麻。因为那个岛颇为隐蔽，不容易被警察发现。今天没有人预约潜水，而阿树的店下午才开门。我无所事事地继续躺在瑜伽垫子上，消耗着时光。

2

我从阿树的后院走出来时，已经是下午两点。阿树的父亲是法国人，母亲是本地人。三年前阿树是我的潜水教练。他的小腿缺了一块肉，那是七八年前被鲨鱼咬的。他在岛的北部有一家潜水店。三年后的我也成了潜水教练。我问阿树，你那个时候心里在想什么？阿树说，当我看见那个大家伙向我袭来时，由于心内的恐惧已经到了极致，所以我是愤怒的。我曾试图用眼神和意念来击退它。可它张开血盆大口咬了我第一口的时候，我便没有了希望，任凭它的处置。我心里只有耶稣基督，我祈祷着自己可以上天堂。就在我绝望之时，那个大家伙摇晃着游走了。是上帝拯救了我，我的生命是属于上帝的。

两点的 A 岛，炽热的太阳烘烤着海滩。阿树说，下午三点半时，有人约了浮潜。客人是一个年纪在三十岁左右的女子，从北京来。

她只身一人，说是工作压力大，来散心。她一脸苦闷，浮潜的时候说真想把自己淹死，可惜水性太好，不容易死。我开玩笑地说，那你学自由潜水吧，这样自杀的成功率可能会高点儿。女孩说，可是那样的死亡过程又太痛苦了。我说，那你还是放弃这个想法吧，毕竟自杀还是得需要那么点勇气的。再者，如果一个人会仔细考虑自己的死法或是想象死亡过程的话，这人一般都死不了。后来得知，她叫侯诗瑶。

侯诗瑶是北京一家国际大公司的上班族，每天朝九晚五，定期会去健身房做瑜伽。她的手腕上也带着长串佛珠，像极了黄小玲。

侯诗瑶问我为什么会选择生活在这里。她觉得在这里生活是在浪费生命。没有竞争，没有压力，生活过于安逸，不利于人的心理健康。我说，嬉皮士都这么活着，准确地说，我是半个嬉皮士。女孩问，什么是嬉皮士？我给她大概讲述了下，讲得太多她也理解不了。女孩又问，为什么是半个嬉皮士？我说，因为我还有个稳定的工作。我无法将自己交给大自然，心也不能完全交给自己。女孩问，那你怕什么呢？我问她，那你又在怕什么？为什么会独自来此地？女孩义愤填膺地说，女人不能靠男人，要有自己的事业，要独立，要自强。

我说，晚上有满月 party，要不要一起来？

她问：满月？你孩子的满月 party 吗？

八点，海滩上已经聚集了来自世界各地的游客嬉皮士，以欧洲和美国的游客为主。

我给侯诗瑶买了一瓶当地啤酒，给自己买了一个蘑菇饮料。

她问我喝的是什么，我说是一种喝了可以让人产生幻觉的饮料。她说：幻觉？比如什么？想什么来什么的幻觉？我笑了笑：算是吧。她说，让我也来点儿。我问她：你最想有什么幻觉？她想了想说：我能立马中五百万的彩票。我把饮料拿了回来：浪费。我们坐在一片相对安静的沙滩上，不远处，一个当地孩子在耍火球。明亮的火焰在黑夜中画出了一道道的光圈。女人的阵阵尖笑，和男人不时的起哄大叫声，从我们身后的各个酒吧中传出来。她问我，他们怎么能这么高兴？是不是都出现幻觉了？我问她：你不高兴吗？她嘴角微微上扬，摇摇头：你从我的脸上能看出高兴吗。我说：那你一定没注意，你的嘴角向上仰起已经一个晚上了。

　　侯诗瑶在我旁边睡着了，我睁开眼睛看着满天繁星和时有时无的薄云。那繁星变得硕大无比，像是贝壳之间的珍珠。黄小玲从天边的蚌壳中苦闷地向我走来，准备向我倾诉上班时所遇到的苦恼。真抱歉，亲爱的，面对你的苦恼我无言以对。我只好把头枕在双臂上，看着你不停翕动的双唇和你可爱至极的面庞。今晚，你的面容占据了整片天空。多年来，我一直在思考一个问题，我是否真的爱过你，可答案一直尚未揭晓。我失去了爱人的能力，我甚至连自己都不知如何去爱。你在我耳边侃侃而谈的那些时尚单品和八卦新闻恍如昨日。我所能确信的一点是，那时的我是快乐的。

　　今晚，一个如你一样的女孩躺在我身边。她和你一样抱怨着公司里的领导和那些爱说闲话的女同事。她也和你一样喜欢每周去做两次瑜伽，尽管那是短暂的坚持。她也有着可爱的面庞。我们走在大街上，她和我谈论着些无谓的话题，我点头或是微笑回应。一种幻显的记忆浮现出来。不得不说，和她在一起，我也是快乐的。

3

当我醒来的时候太阳还未升起，侯诗瑶仍然横在离我不远处。我看着她，心里顿时有种莫名的安全感。乌云遮盖住了月亮，远处是一片令人绝望的黑。海滩上的酒吧还留着点点亮光和忽远忽近的音乐，以及宿醉未醒还在昏睡的背包客们。我曾无数次坐在黑夜里，望着远处的大海。无数次的孤独与恐惧席卷全身，我不知道继续身处此处的意义何在，也不敢继续思考下去。自从我安居在这个岛上以后，这个没有结论的问题一直困扰着我。

我看着侯诗瑶。她将在四天后启程回京，回到她的格子间，回到人挤人的地铁中，回到二十元钱一份的盒饭中。顿时，我对她无比羡慕。

第一缕阳光从云层中放射出来，横七竖八的"尸体"仍旧布满着整个海滩。侯诗瑶此时翻了个身，然后慢慢地睁开眼睛。她用力伸了个懒腰，看来睡得不错。可当她发现自己昏睡在一片"死尸"中后，惊恐不已。别过后，我回到了自己的住处，这其实是阿树的住处——一个有着三间房的独立屋。从我的房间望去，看不到海。但可以清晰地听到海浪声。昨夜的药劲已经过去，我躺在床上脑袋里如同被抽空了般。一只黑色、如鸡蛋般大小的蜘蛛从天花板的左侧爬到了右侧，似乎在寻找一个恰当的位置来安家。我的身体像是被抽空了，就连手指都感到无力。然而这种无力不是莫名而来，它是过度兴奋之后所带来的后遗症。多年来，我已适应并且接受了它。如今，每当用药过后，我都会静静等待它的降临，就像等待一位如影随形的老朋友。

也许是因为这只黑蜘蛛，头皮上阵阵的瘙痒牵动着我的心脏，五根手指不自觉地插进脏辫的根部，用力抓挠头皮后，一阵舒爽贯穿全身。突然，脚掌、小腿、屁股以及后背都参差不齐地开始瘙痒。我坐起身来，准备认真地抓挠。折腾一阵，那股无力感也随之不见了。我倍感欣喜。

我已经渐渐忘记了快乐的滋味。明天就是我来到这个岛上的第六年。这六年里，我试图不去想你，我以为我做到了这一点，可实际上你不曾从我的脑袋里走出过一步。当年，我毅然决然地离开你，是因为我认为我们不是一个世界的人。可这句话现在想想真是可笑。朝九晚五的机械化生活和你那些无聊透顶的话题每天折磨着我。离开你，并不是因为我不爱你，而是因为我要从那个不属于我的世界中逃离出来，这其中也包括你。可属于我的世界又在哪里？现在我终于意识到原来我才是一个彻头彻尾的失败者，失败者走到哪里都是一样的失败。如果我早认清这些该有多好。

侯诗瑶约了明天早上八点的潜水项目，这一晚我睡得很踏实。

　　由于清晨下过雨的原因，岛上的一切都是湿漉漉的。我跨上摩托车，前去镇子的市集吃早餐。又去惠顾了药丸的绕铜首饰，不自觉地在想哪一款首饰会适合侯诗瑶。我们都比约定的时间早到了潜店。在对她仔细介绍附近的水域情况以及安全注意事项之后，我收拾好装备，便带着她上船了。今日多云，船只在海面上拼命地晃荡。侯诗瑶站在甲板上欢呼雀跃，异常兴奋。我说，真羡慕像你这种脑分泌过盛的人。我们逆风而上，经过四十分钟的航行后，到了地点。抛锚将船只停当后，侯诗瑶安静下来，突然说，咱们真的要跳下去了吗？我怎么突然有点害怕了？我说，就你这样的选手还想自杀？不用怕的，有我在。我会紧跟在你后面的。她呆呆地望着水面，然后将装备一件件地挂在身上。准备就绪以后，她双手合十在胸前，闭起了眼睛，嘴巴轻微地闭合着。她的动作缓慢而谨慎，有种很强的仪式感。我突然想到了她之前所说的自杀，念头一闪而过，让我对这片海产生了前所未有的恐惧。

　　待侯诗瑶做好了准备后，我们依次跳入了海中。由于工作的原因，潜水对于我来说是一件再熟悉不过的事情。进入大海，我就像是回到子宫里。只不过今天，我看着侯诗瑶在海中不断摇摆的身体，和黑不见底的大海，突然有种随时会被淹死的感觉。我不相信轮回转世，也不相信天堂地狱，那么我死后该何去何从？难道真的就此消失了？此时，一只海龟从我们身旁迅速游过，侯诗瑶兴奋地拉住我的手试图要追过去。我拽住她，用手势告诉她前方危险。海龟对于不常潜水的人来说，是极难见到的。她的运气真好。

我们浮上水面时，天空放晴了，海面变得相对平静。我们上船，脱下装备后，侯诗瑶说，你脸色怎么煞白？我摇摇头，表示自己没事。话音刚落，一口呕吐物从我嘴里涌了出来。侯诗瑶大惊，迅速从包里拿出一瓶矿泉水递给我。稍做歇息，我渐渐恢复了正常。我说，不好意思啊，今天有点儿身体不适。侯诗瑶立刻说，那你早说呀，咱们可以换一天的。我说，不想耽误你的时间。她有些感动，又说，刚才在水下的时候就想吐了吗？我说，嗯，现在想想还是挺危险的。她说，可不是嘛。如果吐了，那你就完了。你有想过自己会死吗？我说，当然了，就在刚才，有那么一瞬间，我突然想到了死，想到了自己死后会怎样。然后想到这里我就开始害怕起来。侯诗瑶说，像你这样心似浮萍的人最应该信佛了。我说，那你信佛吗？她说，信。我说，怎么个信法？她停顿了下说，佛在我心中，这个没法跟你说。你信佛后，自己慢慢就悟出来了。况且我吃素已经一年了。我觉得你也应该接触一下佛教，会让你心有所属。我说，如果真如你所说，恐怕你就不会一个人来此地了。她否认我的说法。我说，我已经食素快三年了，可我依然无法信奉佛教。我对佛教还有所质疑，也许缘分未到。她说，那你食素的原因是什么？我想了一圈，最后说，可能是为了我心有所属吧。我想问她，信佛后就不会惧怕死亡了么，可转念一想，算了，她恐怕比谁都怕死。

我回到潜店，突然收到一条信息，是安徒生发来的。他叫我赶紧到山上来一趟。我预感到了不好的事情，立刻跨上小摩托跑到了山上。安徒生和鼹鼠垂头丧气地坐在药丸的帐篷外面，帐篷的链子紧闭着。一股股泰香和植被、泥土的味道一起钻进了我的脑袋里。我说，发生什么事了？安徒生说，早上我们一起去浮潜，她被珊瑚礁划破了腿，流了很多血，染红了很大一片海滩，好不容易止住了血，现在又发了高烧。我说，还等什么，快送去医院吧。安徒生说，不行，她说她死都不去。我一个朋友去龟岛弄叶子了。我想进到帐篷探望药丸，却被制止了。她此刻在冥想打坐，不想被打扰。

随后两天的早晨，药丸都没有与我们一起在山头上做瑜伽。有一天晚上安徒生突然哭了，他什么话也没说，就是一直在哭泣。我们都知道是为什么。

4

她明天就要回国了，有些不舍。

我陪着她走在有着微弱亮光的无人小道上，小道静谧幽深。侯诗瑶只顾慢步向前，若有所思的样子。道路两侧生长着茂密的热带植被。我们听着彼此间有韵律的呼吸，这一草一木也似乎在倾听我们呼吸间的对白。我试图说出一句能够打破这寂静的话来，可在脑中搜索片刻后，发现我是如此苍白无趣的一个人。

"这条路好香。"她突然说。

"这是鸡蛋花。这一条路的鸡蛋花尤其多，晚上的味道也更清香。"

"真想白天也来这条路走一走。"

"明天我再带你来。"

"明天我就走了，下次吧。"

我们又开始了沉默。我很想说点儿什么，又一次努力地寻找可以再次开口的话题，可惜前方不远处就到她的酒店了。我突然开口：

"有三个朋友约我到'阿姆斯特丹'一起看日落，你也一起来吧。"

"阿姆斯特丹？一听就不是什么干净的地方。"

"什么意思？"

"我猜，肯定有卖那些东西的，是不是？"

"放轻松点儿，我觉得你对违禁品的认识还是初级阶段。"

"我只是觉得你们所谓的高兴或者 party 都会用点儿这些的，不然你们凭什么会那么高兴？"

她的这一席话让我顿时感到自己被抽空了般，空虚到有种想哭的冲动。这是一直以来我所逃避的问题，可此时却被她如此轻蔑地脱口而出。我们凭什么如此快乐？在这个与世无争、安逸到令人坐立不安的岛上，我们凭什么感到快乐呢？

我摇摇头，说："那个地方并不是你想象的那样。"

她将信将疑，但最终还是被说服了。

回到阿树的住处已经是后半夜了，我瘫在床上，感到浑身阵阵僵硬，甚至连呼吸都有所不畅。我不知道约她到"阿姆斯特丹"是否是一个正确的主意。但我确定的一点是，如果就这样放她回国，我一定会后悔的。我不停思索着她的话，毫无困意。我走到床边的桌前，拿起钩针来搭理自己鸡窝般的脏辫，又给自己倒了一杯朗姆酒。不知何时，我才昏昏睡去。

次日清晨，我仔细地端详镜中的自己，决定认真地洗一次脸并且把上嘴唇的胡须刮掉。完毕后，我对自己的长相感到颇为满意。我又设想了一下，如果用此发型和面容配上西装、Polo衫，回到大都市会是什么样子。最后得出的结论是——太吓人了。

我简单地将自己拾掇后，跨上小摩托去了后山。安徒生和鼹鼠也陆续到了山顶，我们进行天地的跪拜后，进入到瑜伽的第一个体式中。这一天算是正式开始了。药丸过了半个小时后伴着咳嗽声赶来了，鼻音很重。

我们见到药丸后，迅速将她拥抱住，两天没见她人，她消瘦很多，气色没有以前那样健康，但还说得过去。

"我都跟你们说了我会没事的，只要坚持做瑜伽，什么都会好起来的。"她一边铺着瑜伽垫子，一边信誓旦旦地说。

"感冒要多休息的，你还是早点回去吧。"我说。

她一边把上身弯下去，呈现出下犬式，一边说："感冒只是一种幻觉。瑜伽会治愈好我的。"

"幻觉？什么意思？"我说。

"感冒就和冷、热、饥饿、劳累都是一样的，都是一种幻觉。"鼹鼠在说这一切时，就像是在讲一个无人不知的小常识。如此认真的扯淡让我的思维打开了另一扇门。我们做完一套瑜伽后，冥想片刻，我问："那继续用你的理论分析，什么是真实的？"

"爱和快乐是真实的。"美国女孩说。

"恰恰与你所说相反，我觉得爱是最不真实的。"

"何出此言？"

"我在北京的时候，有一个我自认为很爱的女朋友。我们相处了很久，大概有五年左右。你看，我可以和一个我不爱的人相处五年呢。"

"那你从什么时候开始发现你不爱她的？"

"我离开她很多年以后，来到这里时才发现的。"

"那说明瑜伽把你变聪明了。没错，你并不爱她，你只是需要她的陪伴。这个女孩可以是任何一个漂亮的女孩，并不一定非要是她。我们往往很难得到真实的东西，换句话说，越真实的东西越难得到。快乐和爱都是如此。"

5

药丸的这一席话让我有些恍惚，这扰乱了我对侯诗瑶的判断。时间终于耗到了傍晚，我骑着小摩托到了她的酒店门口。她穿着一身鹅黄色的连衣裙，浑身散发着朝气……

"阿姆斯特丹"坐落在高山上。它为何叫作"阿姆斯特丹"，我们不得而知。它是山顶上的一个酒吧。说是酒吧也不确切，因为卖的酒种实在有限。中央地带是一个不太干净的泳池，几个外国孩子在里面打闹。靠近悬崖的空地上摆放着塑料桌椅，此地是欣赏夕阳的绝佳位置。眼前是一望无际的大海，悬崖脚下又是整片茂密的植被。此地被称为最佳的泡妞场所。而我约她来这里并没有告白的想法。

天空逐渐由浅黄色变成橘黄色。由于满月刚过，背包客们依然滞留在此地。六点十分，他们陆续填满了这个地方，沸沸扬扬的。DJ 小哥见人多后，将音乐声调大以宣布夜生活正式开始。侯诗瑶深吸了一口气，看着我说："一股熟悉的臭味又来了。"我反驳道："这怎么能说是臭味呢？你再仔细品品，还是挺清香的。""如果你们不用这些东西，会怎么样？""不能怎么样，但就是觉得少了点儿什么，总会觉得 party 不尽兴，浪费了一次好时光。""可是我觉得用了这些东西后的快乐才是在浪费好时光。"我思索片刻，十分认同她的看法，但无论如何也不能将此直接地表达出来，因为那等于承认这么多年来我在虚度时光。虚度时光是极为可耻的，我怎能就因为侯诗瑶，一个北漂的小白领嘴里随意说出来的一句话就承认自己在无耻地虚度光阴呢？我只好耸了耸肩，既不否定也不认可。

阿树将椅子搬过来，向我身旁凑了凑，不怀好意地冲我笑了一下。我明白他的意思，没有连忙澄清我与她的关系。她明天即将离开这里，我们也许再也不会见面。我们到底是什么关系一点都不重要。阿树递给我一根卷好的叶子，我习惯性地接过，由于山顶风大，好一会儿才点着。我深吸了一口，烟雾深深地侵入到了肺里，溶于血液中。我看着颜色逐渐变得艳丽的天空，那天空像是一座巨大教堂的顶端。阵阵失落和空虚感悄然而至，我的耳朵自动屏蔽了身后的音乐噪声，我尽可能地看向天与海交界的尽头，叶子在手中被风熄灭了。侯诗瑶端着一杯血腥玛丽："你现在是不是已经嗨得不想说话了？"我摇摇头："完全不是，我现在难过得想要哭。""这东西不是只有让人高兴的作用吗？""可想而知，它的效果是多样性的。阿树！"阿树没有听到我的声音，还像往常一样，兴奋地在跳舞。药丸精神饱满地走过来，看样子她已经痊愈了。"这个给你。"我把手里的半根叶子递给她。她看了一眼："我没什么兴趣。"又转手给了鼹鼠。在这个地方从来都不缺"货"，但今晚大家却把"货"用得格外谨慎。

"明天就回去了。"侯诗瑶长叹了一口气。

"还不想回去吗？"

"也说不好想不想回去，总觉得我是身不由己。不过身不由己也挺好，人总是要受点束缚的，不是吗？"

"也许吧。"

晚霞在我们说话之间又变了颜色。我们最终拍了照片，照片在她的手机里。后来她也没有发送给我。

分别的时候终于到了。我没有送她，我害怕离别的场面，也害怕她就这样乘着船消失在大海的远处。就此分别在傍晚变化莫测的夕阳下，挺好的。

药丸被珊瑚划破的那个口子慢慢地腐烂了，并没有像她所期待的那样可以痊愈。她的咳嗽严重了，甚至开始发烧。趁她昏迷的时候，我们将她送去了医院。经检查，药丸浑身布满了癌细胞，就连医生也不敢相信她还能活到今天。最终，她还是死了，瑜伽并没有救活她。药丸临死前的那个晚上，是满月派对。当黎明悄悄来临之际，阳光逐渐洒满整个海滩。我们知道，此时药丸已经离开了。我们静静地坐着，望着天际。遍布的醉酒横尸逐渐显露在阳光下，那其中一具就是药丸的，只不过她变成了真正的尸体，正如我们以前开玩笑的那样。我记不得她临走前我们最后聊了些什么，也记不清我们最后是以怎样的心情昏昏睡去的。

药丸既不是佛教徒，也没有亲人在此地。所以安徒生建议把她火化后，骨灰埋在我们每天做瑜伽的那个小山坡上。

又是一年的四月满月，多么希望能再遇上一个侯诗瑶。

米高乐的日记

1

这是 2013 年夏季中最普通的一天。普通到像是我正在喝下去的这杯温和的白水，无味。我在左手无名指上带好戒指，上班。

地铁里塞满了表情呆滞的上班族，他们动作机械，目光会固定锁在某个地点。看上去像是机器人，但又会散发出一股股发臭的人肉味。我是他们中的一员，甚至比他们更加机械。左手无名指的戒指，我不曾有一天会忘记摘戴它。我不知这枚戒指为何会戴在左手无名指上，只知道，这是它应在的位置。

公司坐落在三里屯某座大楼顶端，有露台。天气好时可望到国贸甚至更远，我喜欢趴在露台或者仰靠在栏杆上抽烟，眯着眼睛看天空，即使是阴霾天。我喜欢看着缕缕烟丝是如何消失在空中的。

明天是 2013 年 8 月 26 日，我回国三周年的日子。我在台历上用红笔做出记号。很想为这一天写篇日志，哪怕几句话也好，可脑袋里却空空如也，有的只是绝望。

无奈中，在日记中写下：

　　回国三年，他消失了两年零十一个月，我结婚三个月。

这一行字，我看了很久。也许我应该把它抹掉。

"左安安，来取下你的快递。"前台姑娘通知我。

这是一个从蒙特利尔寄来的包裹，字体模糊，看不出是谁寄来的。只是沉甸甸的，像是历尽了风雨，经过无数个日夜才到达这里的。包裹外面沾满了尘土，胶带也已多处磨破。它看上去好疲惫。

我匆忙地捧着它回到办公室，粗鲁地将它撕扯开。我在期待什么，从他消失的那一天起，我就开始渐渐学会如何不去期待。可如今，面对这个"疲惫的包裹"我在期待什么？经过层层的严密包装，呈现出来的像是两本书，两本没有名字的书。

它透着一股来自于蒙特利尔冬天的寒气，即使是在 8 月份。

我随意翻开，是两本日记。

天气：阴天，微冷

今天是我在香港上班的第三天。二姨对我很照顾，但我仍然不想跟其他同事说话。我听不懂广东话，也不想学。我觉得我适应不了这里。晚上跟几个同事一起吃饭、应酬。吃到一半的时候我突然哭了，但没有人发现，没有人会关心我。我跑到洗手间对着镜子哭了很久。我很想你，很无助。

2010 年 1 月 4 日

于香港

天气：晴天

今天是我在香港上班的第四天。眼睛肿了，可能是昨天哭的原因，也可能是临睡前多喝了几杯红酒。今天我看到一个女生穿了一双过膝的黑色皮靴，可是好难看。你也有一双类似的靴子。我记得你曾骄傲地对我说：只有腿又细又长的女生才有权利穿，比如我。你说得没错。那时的你，真美。

2010 年 1 月 5 日

于香港

这是他的日志，我无法再继续看下去，真想把它撕烂，它为什么会出现在我面前。这该死的米高乐，这该死的日记。眼泪早已融了妆。

我尽量保持镇定，抄起桌上的半包烟，抱着两本日记跑到露台上。此时露台无人，早上空气还算清新。我随意坐在一把藤椅上。昨日雨后，藤椅微潮。我把两本日记整摊在小桌子上。仔细寻思米高乐为何会把日记寄给我，由此看来他人现在在蒙特利尔，不过也说不定。他之前还去过香港上班，他的行踪总是飘忽不定。

三年过去，在百般的努力和挣扎下，我终于可以把你渐渐忘记。我曾相信，再有一年的时间，你将会完全淡出我的记忆。可如今，因为这两本该死的日记，所有的努力已经前功尽弃。你高姿态，昂首挺胸地重新向我走来。你就像个幽灵般，来去自如。我却没有反抗的权利，任凭你的宰割。

在你消失的第一年里，我就开始喜欢上这楼顶的露台。我喜欢看天上的云彩，特别是天气好的时候。我把云彩想象成是你的面孔，但总是不一会儿就被风吹散。那时我还幻想着能在某日的某条街上与你相遇，见到你时我应以什么样的姿态面对你。这场景我曾幻想过无数次。

第二年，遇到了我现在的老公，他叫李里。他和你不一样，他没有像你一样忧郁的眼神。他永远都那么快乐。相处不到一年后，我们便决定结婚。因为那时我已知道，遇到了就应该珍惜感恩，错过了就要释怀。我们是不会再见面了。我决定要开始新的生活，但我并没有因此把你忘记。你仍然存在于我记忆某处，你就在某个阴暗潮湿处，慢慢地滋生蔓延。

今年，他向我求婚。我没有拒绝的理由。我过得很好。你从那个隐秘的角落里逐渐褪去了。

我应该把它们看完吗？我点了第二支烟。

日记本的封皮是北京夏季八点钟天空的颜色。这颜色和你一样，都透着一股浓浓的忧伤。它们躺在桌上，静候着被我翻阅。

这时手机响起，是李里的来电。一张他腾跃于长滩岛海面的照片出现在显示屏上。

我接起电话就说："亲爱的，我爱你，这辈子只爱你一个人。"

然后便迅速挂下了电话。我一定是疯了，我迫切地想把这句话说出来，像是在努力证明着什么。

2

下班后我没有把它们带回去。推开家门时，一大束粉色百合花立于茶几上。花香萦绕于整个房间。

"明天你回国三周年，庆祝下。我带你去吃大餐。"

"庆祝回国三周年？这有什么可庆祝的。"我没有拒绝，并换上一身漂亮的衣服。

回国的日子，他和我一样铭记于心。无论什么节日他都会庆祝，不会轻易放掉让我们心情愉快的机会。

高档餐厅的烛光晚餐，吃饭时偶尔低声聊天，刀叉不时碰撞盘子的声音让人拘谨。这使我们彼此的心离得更远。而这是他的庆祝方式。我尊重他的方式，因为他是我现在唯一爱的男人。

回家路上，我们紧拉着手。我看着夜晚八点钟的天空，这正是那日记本封皮的颜色。隐约闪烁的北极星像是他的眼睛。而我知道，强烈的抑制只能无限激发更多对他的想念。

终于，我认真地翻开了日记的第一页……

扉页上用别扭工整的字体写道：

> 想了很久，终于决定为你开始记录我每一天的生活。我想，总有一天，你会看到它的。

天气：晴，微风

离开你已经50天了，我细数着每一天。这对我来说很痛苦。想对你说的话太多太多，该从何开始呢？起初与你相遇时，你的活力与清纯深深打动我。在相处一个月后，你决定回国发展。这个想法，我考虑了很多，但始终没有下定决心。是你，让我坚定了这个想法。我要与你一起回国。这就是命运的安排。

那时我天真地以为，回到自己的祖国发展会如鱼得水。也相信我可以给你一个幸福的未来。可事实并不像我想的那么简单，离开家乡也已有十余年，中国发展之迅速让我感到恐惧。路上每天行走着面目狰狞、为生活奔波的人。多伦多的生活过于安逸舒适，每天不必考虑过多的生存问题。

我在北京活得像个难民。没身份，没有家，没有工作，没有钱，连朋友也没有。与你回国不久，我患了严重的抑郁症。二姨已经带我看过医生，并开了一些安神、舒缓神经的药。我知道，这病是不会痊愈的。我要与这病斗争一辈子了。我不愿拖累你。我不知如何开口，所以选择了这种方式。现在我已经离开北京了，我怕再次与你相遇。你现在过得好吗？我很想念你。

2010 年 10 月 17 日

于天津

天气：晴天，有白云

今天感觉好些，已经治疗一个月了。但大夫说我的药量不能减，并且要保证一个月一次去心理医生那里就诊。我开始很抵触，但现在我不得不承认，这对我帮助很大。我和医生聊了你很多的事情，他没有不耐烦。他真是个好医生，不是吗？我住在彭彭这里，你还记得他吧，我那个干弟弟。他对我很照顾，即使他现在没什么钱。我不愿麻烦他，可我无处可去。我很想念你。

2010 年 10 月 18 日

于天津

天气：厚厚的云

今天坐动车去北京，在火车站时，我看见一个女孩的背影和你很像。我情不自禁地一直跟着她，她走路的姿势和长发真的和你很像。不知过了多久，我确定那个女孩就是你。我毫不犹豫地冲上前把她抱了起来然后在空中转了一个圈，她吓得大声尖叫，从我怀中蹿下。她骂了句：神经病。我在原地站了很久。她说得没错，我就是一个神经病，一个纯粹的神经病。我觉得我已经疯了。

2010 年 10 月 23 日

于北京

我翻阅着他的日记，每篇都是这样的小短文。记录着他每天琐碎的生活，我开始回忆那时的我正在做什么——行尸走肉般地挨日子。被留下的人总是可悲的。

我看着"抑郁症"这几个字，大颗眼泪滚落下来。我坐在露台的藤椅上，抱膝痛哭。曾经对你的恨化作了怜悯与心痛。面对回国我曾和你一样惶恐、不安。我多么希望可以和你一起分享那段不堪的日子，可你连机会也不给我。从他的日记上我得知了他的行踪，两个月后，他去了香港。

天气：晴天

在北京的这些日子，我曾尝试过一些工作。在银行大厅里实习，去公关公司做助理。我没上过大学，这些工作我不知该如何下手，所有的工作都是二姨帮我安排的。这让我明白了在北京找工作，甚至是全中国，没有关系是行不通的。同时也让我看清了，如果想要靠那点工资来养活你是完全不可能的。从前的承诺我无法兑现。

深夜，失眠至凌晨两点半。我游走在什刹海的那片银杏树林里，夜晚月光朦胧。路上会有少量汽车驶过，没有行人。冬天的寒风拂过面颊，感到刺痛而干燥。我裹紧棉袄，抬头看着这片令人绝望的黑夜，盼日出。

2010 年 12 月 16 日
于北京

我的病情没有好转，二姨在香港帮我找了一个心理医生。医生建议我换一个环境，离开北京。明日启程，再见了北京。

2010 年 12 月 17 日
于北京

天气：阴天，看不见太阳

今天是我来香港的第一天，我又住到了跑马地的这座家属楼。还记得我们刚回国经停香港的那一周吗？我们也是住在这里的。那时候，由于时差关系，我们夜里三点在房间里看电视。电视节目大多都是广东话的，我们听不太懂。而如今这里只剩下我一个人了。有时，我会坐在沙发上久久地发呆。有时，病情会发作。我很想你。

2010 年 12 月 18 日
香港

天气：晴天，淡淡的云

昨天和一个朋友去兰桂坊喝酒了，他叫安东尼，是以前在多伦多时认识的，是天津人。目前在兰桂坊的一间酒吧里当调酒师。我们一起回忆了很多以前的日子。那时真好。我们喝了很多威士忌，还喝了点苦艾酒，最后终于醉了。今天眼睛很肿，看样子昨晚又是哭了很久。

马上就是圣诞节了，香港的商场还有街道两侧早已挂上了琳琅满目的装饰品。这时你在我身边该有多好。

2010 年 12 月 20 日
于香港

这篇日记，我看了很多遍。你是从什么时候开始喝酒的？记得你以前滴酒不沾，对于这一点我一直很好奇。我走到露台上，看着整片三里屯和酒吧一条街，过往的路人行色匆匆。在这偌大的北京城里，究竟有多少个夜晚你游走街头，与泪水相伴？这些为何不早些告诉我？

2010年的圣诞节我与家人一起。那时三里屯的小广场上竖起了一棵巨大的白色圣诞树，璀璨得让人热泪盈眶。这里的圣诞节又何尝不是热闹与缤纷的呢？我点了一支烟，背靠在露台栏杆上，仰头看着天，用力吐了一口烟。现在的云朵，再也变不成你的样子了。我又吐了一口烟，烟雾蒙蒙，挡住了我所有的视线。闭上眼睛，阳光在眼皮上闪耀着。我猜，地球另一端的你现在一定在熟睡。

晚上，我与一位老友去了三里屯的一间酒吧，我发了信息告诉了李里。

他回复道："少喝点儿，完事我接你回家。"

我点了一杯威士忌和苦艾酒。苦艾酒只有这一间酒吧才能买到，因为它会使人产生幻觉。

眼前飘出数只会发光的小彩蝶，它们飞到了米高乐的额头上，他一直对我笑，眼神中的忧郁少了些，样子真迷人。我们一直看着彼此，看着看着就哭了。

我们在交错的时空中，恋爱着。

属于我们的时光，仿佛昨日的记忆。

第二天醒来，头痛欲裂。李里给我做了份韩国的解酒汤，每次宿醉后他都会做给我喝。

"赶紧去照照镜子吧，怎么了这是？快把自己哭成熊猫了。"他没有再多问关于昨晚的事。我坐在餐厅的椅子上，单手托腮，看着这个在清晨为我忙碌的男人。餐桌上的花又换成了一束淡紫的蝴蝶兰。他端上了一碗解酒汤，和几个洗好的水蜜桃。

"你先醒醒酒，今天周六，下午带你去开卡丁车吧。然后晚上看个电影，如何？"他坐在我对面，温柔地看着我。

"我现在开卡丁车，应该算酒驾吧？"我说。

他笑笑，摸了下我的额头。

3

天气：小雨

在香港工作的日子很辛苦，每天 7 点 20 分起床，洗漱，早餐。7 点 50 分出门，挤地铁。这边的冬天不像多伦多的那样整日与大雪相伴。我很怀念冬天在家门口铲雪的日子。香港路上的人行色匆匆，他们迈着大步伐快速行进，我追赶不上。有时路人会因为赶时间碰撞到我肩膀或是后背，他们总是冷冷地与我四目相对，然后匆忙地用广东话说"不好意思"，又继续赶路。时间对于每个人都那么珍贵，我像是一个发育未完全的爬行动物，不能直立行走。

今天在公司看到一个女生和你身材很像，也是长发。她穿了一件黑色的呢子休闲西服，你也有一件相同款式的。她的背影和你像极了。回到住处后，病情有些发作。我去了兰桂坊，找了那个调酒师朋友，又喝了些酒。每次见面我都和他聊很多你的事情，他很想见见你。我对他说：我也是。

2010 年 12 月 28 日

于香港

天气：晴天，没有云

这一年终于过去了，我在时代广场上。人们大声倒数，恋人相互拥吻。我双手插兜，看着漫天烟火，真漂亮。有时候，我觉得自己很没用。回国后我一直都在逃避，从北京、天津、香港，我不断周旋于几座城市，可依然没有落脚处。我拖着没有灵魂的躯体流浪于人间。可我没有一天忘记过你。

现在的你过得好吗？有男朋友了吗？我多希望你能有个男朋友，他此时一定会把你拥在怀中，看烟火。

新年快乐！

2011 年 1 月 1 日

于香港

天气：晴天

已经在这里上班一个多月了，事业上没有任何进展。公司里每个人都在忙于自己的工作，没人会注意到我这个实习生的，我在这里显得那么突兀。我决定下个星期回加拿大。是彻底回去，我很想念我的家人。有时候我在想，如果那时我们选择留在加拿大，现在一定会很幸福的，已经结婚了也说不定。我不敢仔细去想。

2011 年 2 月 5 日

于香港

天气：阴天，风很大

如果……没有如果。

2011 年 2 月 20 日

于香港

这篇日记只有这短短几个字，纸上却留满了眼泪的痕迹。在这样一个阴天，你的病情是否再次发作？你说得没错，我们之间没有如果。所发生的一切都是注定的。你我都像是随风飘散的蒲公英，我们散落四方，身不由己。

这一天，我病了。发烧 39 度，耳鸣。李里向公司请了三天假，照顾我。他开车带我去了医院，这里拥挤着数不清的病患。挂号，排队，看病，打点滴，他一直在我身边。我在床上昏天暗地地睡了两天，在梦里，米高乐的身影常常出现，可醒来看到的永远是一双温柔而清澈的眼睛。李里轻轻地拥抱我，温暖着我。

我没有感激的话，只是在他怀里紧紧地抱着他。

这夜晚真是寂静，寂静得可以听到风掠过城市的声音。我望着身边熟睡的男人，哭了。

米高乐的日志我没有再仔细读下去，只是偶尔会翻阅几页，只是想知道他后来的去向，仅此而已。

4

天气：晴天，云彩很漂亮

在卡尔加里已经有三个月了，这里生活很安逸，空气很好。我想你一定会喜欢这里的，这里有你想要的蓝天白云，还有你最喜欢的青草味。我现在的工作很辛苦，有时要去施工现场。我不怕辛苦，只是希望多赚些钱。我爸妈直到现在都还在一直埋怨我，你知道他们都很喜欢你的。

2011 年 6 月 13 日

于卡尔加里

天气：小雨

很久没有健身了，身上的钱不多，不够付健身房的年费。我很想念那里，那里是我们第一次见面的地方。我还记得第一次见你的时候，你梳着马尾辫，充满了活力……

我又哭了，真的。

2011 年 10 月 29 日

于多伦多

天气：小雨

今天，我去健身房了，是借用我朋友的会员卡。是卢卡的，他是我们的"媒人"。他现在身材练得很好，腹部已经有了完美的八块腹肌。我想他是吃了些激素。外国人对亚洲人是脸盲的，他们分不出亚洲人的长相。我成功地混进了健身房，那个我们初遇的跑步机已经换了位置。换到了游泳池的对面，里面有很多穿着比基尼的少女，但身材样貌都不如你。我想着我们初遇时的场景，如果时间可以倒退……

2012 年 8 月 3 日

于多伦多

天气：大雪

来蒙特利尔已经快一个月了，我现在恢复得很好，基本可以停止服药了。下午时分，我去了那家台湾人开的餐厅。还记得吗？你陪我一起逃命时，曾经去过的台湾料理餐厅。它还在那里。原来的徒弟变成了师傅，他在给新的徒弟说道着飞机菜的由来。下午时的餐厅没有人，我坐在了以前我们坐过的位置上，靠窗。

师傅平淡的语调像是诵经，使我心里平静。可怜的徒弟，你不想睡吗？这时有你在就好了，可以和我一起听这有关莱名的故事。

2013 年 2 月 10 日
于蒙特利尔

雨后空气湿润，可仍然雾气弥漫。站在露台上看不到远方。是呀，与你一起逃命的记忆有如昨日。

那是 2010 年 7 月的某一天。晚上 8 点，我在你家里与你父母聊天，吃水果。你突然慌张地将家里的灯全部熄灭，并谨慎地告诉我不要说话。我不知发生了什么，紧张地屏住呼吸。你在漆黑的房间里，用野猫一样的眼神观察着窗外停靠的那辆黑色轿车。几分钟过后，你拉着我的手从家中的后院逃走。那是我们第一次牵手。你开车带着我，心神不宁，但右手始终紧握着我的手。我不知发生了什么事，只是很兴奋。你说要带我去蒙特利尔住上三天，那时的我愿意不顾一切跟你四处流浪。我再次陷入回忆的旋涡，我在旋涡中身体飞速旋转，直到体无完肤，破裂，我不断下沉。

我双眼放空，竟忘记了手指间的半支烟仍未熄灭。滚烫的烟灰轻落在腿上，微微灼伤。左手不停转动无名指上的这枚戒指，像是在提醒着我什么。

在第二本日记快接近尾声的时候，有一页被小心地撕掉了，可笔尖留下的印记却依稀可见。我回到办公室取了一根铅笔出来，小心涂抹于印迹之上。纸上的字逐渐呈现出来：

> 两年多了，我终于下定决心说出这个埋藏在心底
> 的秘密。

我紧缩眉头，迫不及待地想要知道这个埋藏已久的秘密。他究竟还有多少事情隐埋于心？还有多少事情是我不曾知道的？我继续用铅笔小心涂抹。

> 三年前，我有过一段婚姻。那个时候她是我的女
> 朋友。我们在一起三年。

后面的字迹我没有再继续看下去。再多的解释都是多余。这一行字让我感到恶心、反胃。他应该早在一开始时就向我表明，也许那个时候我会追问到底，会想要知道事情的来龙去脉。可现在，什么都晚了。这本子里面残留的纸屑字迹暴露了他原本想要对我坦白的事情，现在它赤裸裸地晒在阳光下，是那么的丑陋。

这两本该死的日记像是米高乐的遗嘱，我没有质问的权利，也无从发泄。我只能一个人坐在这顶层的露台上，安静地消化着这一切。

合上日记，回到办公桌。我不应该再看下去，应该找个绵绵细雨天把它埋在某棵树下，这么做或许太过做作。还是随手

扔掉吧。

下班时，三里屯人潮涌动。我走到十字路口，在日记落入垃圾桶的前一刻，突然想看看他的最后一篇日记。

双手立刻收回。

　　天气：晴天

　　三年了，我没有一天忘记过你。现在想想那时的我，真是不可思议。选择用那种方式离开你是我这一生都无法弥补的错误。我们还有机会再见面吗？这两本以前的日记不知是否已经在你手里。9 月 28 日，我会在什刹海的那片银杏树下等你。

2013 年 7 月 14 日

于蒙特利尔

我站在十字路口，看着最后一篇日记，合起本子，把它们拥在怀中。

这三年，有太多的人与我惊鸿一瞥或是擦肩而过。我没有刻意地想念你，只是每次路过那些我们曾走过的街道，听到一段熟悉的旋律，在无数个闭眼、呼吸的瞬间想起你。

清晨早起，洗漱，化妆，吃早餐，保持一个健康端庄的仪容上班。八小时后，便与朋友小聚，吃饭或是喝酒叙旧。回家后和李里看电影入睡。周末，逛超市，选购些新鲜健康的食物进行烹煮。相约几个闺蜜闲聊逛街，或与家人相聚为伴。这样的日子一天天不断重复，我乐此不疲。

　　我明白，这两本日记，仅仅是你对以前发生的事情的一个交代而已，是你欠我的。不论多久，它是否出现，你都欠我一个解释。我们都变了，变得只剩下这两具相同的皮囊。

　　9月28日，晴朗而舒适。秋日里，微风吹得这片银杏树瑟瑟发响，落叶飘舞在空中。一个孤独寂寞的背影靠在银杏树下，靠在一棵树旁，手中玩弄着一片落叶。我远远地看着他，没有靠近。

　　许久后，我转身离去。一阵微风吹来，你的模样随之飘散。

擒梦

1

　　我身高一米七五，体重一百零三点五斤。我对自己身体的每一个部位都了如指掌。有时我在艳阳天下，把手心伸到空中，仔细观察掌心的纹路，闭上眼睛，它们会清晰地刻在脑海里；下雨天，我在灯下细数着每一根头发，可这有些困难。挑食使我严重营养不良和脱发，不断长出的小短发我无法一一细数，每次数到三千五百根的时候我就有些不耐烦了。三千五百是我的一个坎儿。我最喜欢做的事情就是在深夜里用那把金色小镊子拔眉毛，然后整齐地把它们放在纸巾上，摆成一排。有时也会拔胳膊上的汗毛。看到纸巾上一排排的毛发，我会欣赏它们一会儿，这简直是门艺术。

家里的杜宾犬叫阿杰，可能是因为在它小时候，爸爸把它送到了一个农场里一段时间。那段日子它几度被虐待到快要饿死。爸爸是哭着把阿杰从农场接回来的（这是为数不多的几次看到他较为人性的一面）。那时它瘦得只剩下一把骨头，直到阿杰开始长肉、恢复活力，爸爸才停止对农场饲养员的诅咒。

现在阿杰已经五岁了，自它从农场回来至今，只要见到食物就像不要命一样抢着吃，有时太过着急，只好用吞的。它对食物的接受范围很广，香蕉皮、西瓜皮、味精、啤酒、剩下的西兰花、生的茄子，这些对于它来说都是美食。它就像个会走路的垃圾桶。阿杰现在已经胖得快跑不动了，并患有脂肪肝。

北京在长达五天的阴霾后，终于迎来了艳阳天。对于那些患有轻度抑郁症并站在高楼上、面对这令人绝望的铁灰色天空想要自杀的人来说，这简直就像是一根救命草，一根把他们拉回人世间的井绳。我牵着胖杰在小区花园里散步，秋日的阳光在胖杰黝黑的皮毛上闪闪跳跃。它用力地在草坪上伸懒腰，看上去已经做好了户外捕食的准备。

天通苑人口密集，像是蚁穴。下午，小区院内仍然人流不息。我时常好奇他们为什么不去上班，难道都是像我这样的自由手工劳动者吗？保洁阿姨把地面和草坪清理得很干净，胖杰失望透了。

见人少些时，我便松开狗绳。

小区花坛旁边种了一排极鲜艳的串儿红。记得小时候，我常和几个小朋友把花采下来吸吮花蜜，这种淡淡的甜味充满了儿时的记忆。我走向前，这时四下无人。我仔细挑了一朵较为干净且饱满的串儿红，刚要张嘴的时候却看见里面住了一只看似刚吃饱的肉虫子，丰满肥硕，我与它四目相对。此时，我深深感受到了世界的恶意。

我所有头发根根竖起，面目狰狞地大声尖叫，玩了命似的掉头就跑，像是后面跟了百万头雄狮。跑到自己无力尖叫时，我突然发现胖杰不见了。周围人群涌动，我怎么也想不起来回去的路。眼泪在眼眶中打转，我用沙哑的嗓子喊着"胖杰"。

胖杰虽然爱吃垃圾，可这丝毫没有影响到它的智商。胖杰的爸妈生完它就各自奔天涯了，只留给它一个聪明的脑袋。我决定回家找找看。

在离家门口不远处，我看见胖杰趴在地上专注地舔着一根冰棍。我向它狂扑过去。

"我就知道你在这儿！"

胖杰没什么反应，仍然销魂地舔着冰棍，只是眼珠子向我瞥了瞥。

"这是你的狗吗？"旁边一个瘦巴巴的男孩推了推鼻梁上的银丝边眼镜，对我说。

"必须是我的狗呀！这巧克力冰棍你给它的？"我问。

"我给它这干吗呀？我还没吃两口呢，它也不知道从哪冒出来的，就一直跟着我。那小眼神，你都没看见，那叫一可怜。

口水还流我一脚。"他满脸嫌弃地说。

这是我们第一次见面，以后能否再次相见谁也说不准。

2

胖杰自从吃完那根巧克力冰棍后，开始不停呕吐且精神格外亢奋，傍晚时分它四肢肌肉微微发颤。我着急得不知所措，准备开车带它去医院。

六点，正是这座城市最可怕的时候。胖杰坐在后座上，再次开始干呕，它难受得快哭了。透过挡风玻璃，前面是两排耀眼的红色汽车尾灯，它们像两条裸露在阳光下的红色绸带，闪闪发亮。红绸带一直延伸至天际，让人绝望。有时我站在天桥上，或者从家里的窗户向外望去，看着几百辆的自行车与行人，几千辆的汽车都奔着一个方向去，他们要去哪里呢？这万人奔腾的场面让我感到阵阵恐惧，总感觉像是要出什么事儿一样。我害怕北京的傍晚六点，害怕人潮涌动的场面，我是一个懦弱而胆小的人。

胖杰在后座上开始呼吸急促，这该死的堵车可能会要了它的小命。我猛地把方向盘转向右方，驶向应急车道。这时一声刺耳的轮胎与地面摩擦的声音钻入心中，紧接着就是一下碰撞。阿杰吓得立起身子。

我倒吸口气："完了。"

"怎么开车呢？开个宝马了不起呀？"一个纯纯的操着外地口音的爷们扯着烟酒嗓大嚷着。

我坐在车里有点儿蒙，一时没反应过来。外地爷们毫不客气地拍打着我的车窗。胖杰对着窗外，忍着身体的不适哼唧了几声。

我下车一看，他开的是一辆旧到可以进回收站的桑塔纳，车牌是河北某个小县城的。车的发动机盖子已经翘起了一个边，左车灯也撞得粉碎。而我的车门却只是有些刮痕和凹陷，可这车我才开了一个月不到。

"你这外地车牌现在这点儿能在三环上瞎溜达吗？"我说。

"那你并线的时候也得往后看看啊。"外地爷们气势削减。

我环顾下四周，司机们纷纷将车窗摇下，看热闹。后面车辆"滴"声四起。

"我这儿赶时间呢，车里还一条得了重病的狗。我这有两百块钱你先拿着，这是我电话。我先撤了！"

我正往车里钻的时候，他站在原地说："我这车头都凹进去了，才给这么点儿？"

"我说师傅，你那车就算拆吧拆吧卖零件，估计也比这两百块多不了多少。"说罢我便钻回车内。我顾不了车门上丑陋的伤痕，开向紧急车道驶向宠物医院。

我和胖杰是这家医院的"老客户"，前些日子刚在这里检查出它得了脂肪肝。医生建议给它少喂点食物，而我能做的只是少让它吃点。

半个小时后，医生说胖杰是吃巧克力中毒了。

"嘿！那个熊孩子！"

大夫给胖杰打过针后，休息了一下，它便渐渐恢复正常。

这时，已快九点。三环上仍是车水马龙，车辆均以三十迈缓慢行进。排排路灯晃得我心烦意乱

"胖杰，你说咱们离开北京好不好？我们去苏州怎么样？南方饮食清淡，对你的脂肪肝有好处。"

曾经有一个朋友对我说，在这路上奔跑的人们心里都存有一个"北京梦"，可北京的梦却是一池浮萍。胖杰坐在副驾驶座上，我摇下半个车窗，微风中夹杂着呛鼻的尾气。我对胖杰说："北京的梦可真呛人。"我点了支烟，梦的味道瞬间退散，空气变得有些清爽，有些消极。这时电台里正播着汪峰的《北京，北京》。不知怎么，眼眶有点儿湿。胖杰探出了头，它望着窗外闪过的路灯，望着没有星星的夜空，感受着秋夜，想着事情。我想它还是不愿意走的。

这一天总算是过完了。

3

推开家门，只有客厅里的电视在跳跃地散出光晕，时而鲜亮，时而昏暗。妈妈独自蜷缩在沙发上睡着了。

我和胖杰拖着疲惫的身体回到房间，把身子横在床上。这时，我突然想起车门的刮痕，立刻坐起身，手忙脚乱地打开电脑，求救于万能的淘宝。

我找到一家宝马汽车的配件维修店铺。看到店家是五皇冠的信誉，我放心地和他在旺旺上开始询问汽车车门维修的事情。

店家耐心解答我的问题，并且答应会给我一个合理的价格。

　　第二天我到了约好的维修店里。一个"塑料袋体格"（这是我对身形干瘦的男孩的统称）的男孩站在店里正跟修车师傅谈话。这不是昨天在小区里害胖杰的那个人吗？我正要冲上前指着他的鼻子开始质问时，他却惊喜地说了句："哟，这京城还真是小。"

　　我气急败坏地把昨天胖杰食物中毒以及撞车的来龙去脉向他嚷了一遍，他只是全身放松，双手插兜笑嘻嘻地听我讲述。最后说："修车费我给你报了呗，多大的事儿呀。"

　　这时我电话响起，是妈妈打来的。她说小区内一妇女同志非说阿杰咬了她，执意叫警察来处理。阿杰没有狗证，这不等于干等着被带走吗？

　　像这种胡搅蛮缠的妇女同志，小区里比比皆是。胖杰虽然见了肉就不要命一样地往上扑，但绝没有到乱咬人的地步。我顾不了那么多，只是急忙拽着男孩到他车里，让他载我一程。

　　男孩开了一辆香槟色宝马双门跑车，阳光晃得它如座小金山般耀眼夺目。

　　原来是个富二代。

　　在他的车上，我们没有过多的对话。

　　他只是说了句："我叫思远。"

　　我说："我叫秦梦。你姓什么？"

　　他说："我没姓，不知道该姓谁的。六七年前我自己改的名字。"

我看着窗外，这时是下午两点。路上车辆不多，在环路上可以以七十迈的速度行驶。我摇开车窗，把手伸到空中。

"能把手缩回来吗？"思远说。

"有人曾经告诉我，当汽车行驶至七十迈的时候，把手伸到窗外兜风，可以在空气中感受到女人的胸部，而且是 C 罩杯的。"我说。

他立刻打开车窗，把手也伸了出去。过一会儿，他笑了。如今说这话的人早已消失在灯火阑珊处了。

在快到小区门口时，远处就可以看到有那么一小撮儿人在围观，有个老太太颤颤巍巍地单手挂拐，站在原地看热闹。

我大步流星地走向前，胖杰可怜巴巴地蹲在妈妈旁边，嘴里不知在嚼着什么。对方是一个凶神恶煞、身宽体胖的中年妇女同志。她肉色丝袜的线头赤裸裸地露在了凉鞋外面。

妈妈说："梦梦，你可回来了，你说咱们阿杰什么时候咬过人呀？"

胖妇女同志一脸横肉，拽着一股浓郁的京腔说："什么都别说了，赶紧把警察叫来吧。遛狗不牵狗绳，还到处乱咬人！"说到"咬人"二字时，她特意提高了嗓音。围观人指指点点，交头接耳。挂拐老太太动了动凹陷的嘴唇，不知在念叨些什么。

我说："伤哪了？要不让我家狗咬你一下，你再叫警察来吧？不然警察来了，你跟人家说什么？"

胖妇女又纠缠了十分钟，终于识相地走开了。

目送妈妈把胖杰带回家中后，我和思远在小区里花园中坐下小憩，看着来往行人我问思远："你说怎么每天有这么多的人走在路上，奔跑在三环上？"

思远说："上班、下班、去银行、接孩子、买菜、送礼、约会。你说这都是为了什么？其实我觉得这么多外地人来北京都是寻梦来的。就像七八十年代，人们都做着一个美国梦，这都差不多一个意思的。"

这话题似乎过于沉重，我说："你这富二代怎么还开淘宝店？现在很多淘宝店家都因为劳累过度而猝死，你父母同意你干这个吗？"

思远说："我不是富二代。家里人无所谓。"他用眼角的余光扫了一下我，说，"你才是富二代吧？"

我轻声笑了下："我要是富二代，能住蚁穴里吗？"

我们坐在长椅上看着表情呆滞、脚步匆匆的路人，猜想着他们心中的"北京梦"。我轻轻地摇晃着身体。这时，我们的眼睛里都有一种难以排遣的寂寞。

4

两个星期后的下午，当我去取车的时候，右侧车门已焕然一新，而思远又消瘦了些。他果然没有向我收取费用，并送了我一只小熊玩偶。他说这是他店里新到的，是宝马的限量版玩具熊。小熊有巴掌大小，穿了一件 F1 赛车手的红色漆皮外套。这要比我心爱的"小猴子"精致得多。作为答谢，我请他到避风塘吃晚餐。

晚上五点，避风塘早已坐满了人。我们坐在餐厅中央的位置，只有这样伴着嘈杂的喧嚣，我们彼此的言谈才显得不那么尴尬拘谨。

我们面对面地坐着，我托着脸颊眼巴巴地看着我对面这个如坐针毡、左顾右盼的干瘦男孩。我终于忍不住问他："你这是怎么了？"

他舔了下干燥的嘴唇，双手不停地揉搓着："不瞒你说，这是我第一次跟女孩约会。我们这算是约会吗？"思远的眼神飘忽不定，偶尔与我相会时，又立即避开。

"不算，我只是为了感谢你的宝马小熊才请你吃饭的。想跟我约会，你还差点儿意思。"我呷了口杯里滚烫的菊花茶。

思远长长地呼出一口气，也呷了口热菊花茶，然后他说："那就好，那就好……"

我问他："你不是富二代，为什么还开这么好的车？淘宝现在有这么赚钱？"

这话像是问到他心坎里去了，他略微有些激动："当然，我爸妈早就离婚了。我现在跟奶奶一起住。我的奶奶是我妈妈的妈，这关系可能听着有点儿乱。但这就代表着我家里的关系——乱！我这车是我自己买的，就是我这淘宝店赚的。一个月的利润能有个五万块钱吧，差点儿的时候也能有个三万多。"

五万和三万这两个数字让我对这个皮包骨的男孩肃然起敬，我突然不知道此时该说些什么。表示不屑还是质疑似乎都不恰当，我只是两眼发直，呆呆地坐着。

这时，我点的纸包鸡翅和避风塘炒虾上来了，金灿灿的面包屑铺在饱满的大虾上炸开了花。我喝了口热菊花茶，说："吃吧，吃吧……"

"你呢？你不是富二代怎么也开宝马？看你这样每天晃晃悠悠的，也不像是个上班族呀。"思远用筷子蹩脚地夹起一只虾。

"上班族？你觉得现在上班族能买得起宝马？别说宝马了，连小马驹都买不起。我这事也说来话长。"我在脑袋里迅速过了一遍买车的由来，又仔细斟酌了下哪部分是可以告诉他的，毕竟我们才有几面之缘而已。

"我妈气我爸用的。"最后挤出来的好像只有这句话是可以妥当说出的。从思远的表情中可以看出，这几个字惹来了他更多的疑惑，但他没仔细问下去。在这方面上，我们都有着惊人的默契。

半小时过后，腊肠煲仔饭、鱼香茄子煲和水果西米露已全部上齐。思远像个长期被资本家虐待的农民工一样，狼吞虎咽。不一会儿一锅热气腾腾的煲仔饭见底了，锅底仍在微微冒着热气。这吃饭的速度和认真的态度让我想到了胖杰。

我刚要表示惊讶时，他的电话响了。对方讲了很长时间，他的眉头像是系了一个死结，眼神游离不安。他放下筷子，看了一下右手手腕的大块机械表。沉重地说："我马上回去。"

我有种不好的预感，而且这种感觉十分强烈，就好像刚才接这通电话的人是我一样。思远抓起电话和钱包起身说："我先回去了，家里有点突发情况，这顿饭我请你。"在他急忙转身时撞到了一个手里正端着西米露的服务生，他连忙道歉。

"我送你过去吧，现在这点也不好打车。"

思远家在南五环。据他所言，在他上小学时，家住陶然亭附近（位于南二环）；初中时，搬到了安贞门（近北三环）；大学时又搬到了酒仙桥（近东北四环）。他是个地道的北京人，从奶奶的奶奶那辈就开始在紫禁城里扎根了，如今已经挪到了南五环，再过两年有可能会被挤到河北去。

我在五环上以"C罩杯"的速度奔驰。一路，他把手伸到了窗外，好像一直想要在空气中抓住什么一样。这是一只孤独迷茫的手，每根手指在风中都无力地慢慢地晃动着。我把音乐声调大：

> 我是你闲坐窗前的那棵橡树
> 我是你初次流泪时手边的书
> 我是你春夜注视的那段蜡烛
> 这城市已摊开她孤独的地图
> 我怎么能找到你等我的地方
> 我像每个恋爱的孩子一样
> 在大街上琴弦上寂寞成长

5

南五环的小区显得空旷凄凉。两只流浪狗在院子里相互追逐、停下、在一棵干巴巴的小树苗下撒腿撒尿。小区楼里弥漫着煎鱼、炒蒜、油漆以及发霉的味道。这味道把我带回了小学时代。电梯由于正处于维修状态，只能爬楼梯。思远下车后急着冲到六层，我跟在其后。他的背影不一会儿便消失在楼梯的转角处。

在我还停留在四层的时候，走廊里传出了一阵争吵，是两个老人和一个女人的声音。我的身体好像瞬间变成了一具石膏。我放慢呼吸速度，静静地听着。我不知道此时我应该立刻回到车里还是继续往上爬。

思远的声音传了出来。可是他的音量过小，我听不见他在说什么。不一会儿，一个女人面红耳赤地跑了下来。几撮棕色的长发黏在了脸上，看不清她的样子。她脚步慌乱，撞到了我的肩膀，可她头也不回地跑下楼了。高跟鞋跺在地上的声音清脆，余音回荡在楼梯间。淡淡的香水味赶走了楼梯间浑浊的气味。

楼上安静了，在一番激烈地争吵后，这安静显得有些可怕。十分钟过后，我依然站在原地。煎鱼的油烟再次悠悠地萦绕于楼梯间。我应该对思远和那两位老人说些什么呢？或许思远根本不想让我听到这些。可是，我一直站在这里又显得有些尴尬。

我一步步踩在台阶上，继续向上走。双腿像拴了条铁链，每走一层台阶都无比沉重。面对这样的场面，我永远都像个有着语言障碍的白痴一样。

思远家深红色的铁门虚掩着，我从门缝中看到了他的背影，他双手叉腰，佝偻着后背，脑袋无力向旁边倾斜。我轻轻敲开门，思远这时好像才意识到我的存在。

"这是我朋友，叫秦梦。"思远说。

当铁门完全打开时，我不确定自己进到了一间仓库还是一个家。客厅里参差不齐地堆满了大型牛皮纸箱子，它们堆到了天花板下。箱子上面模糊地印着各个厂商的名字，有的是食品公司的，有的是汽车配件专用纸箱。阳光从纸箱子的缝隙钻到客厅中，客厅幽暗、压抑、无处落脚。我们站在家中过道处，我回了句："爷爷奶奶好。"

两位老人急忙转身，试图找出一个可以让我坐坐的地方。在迅速地看了一圈后，那个奶奶终于说了句："我给你拿根冰棍吃吧。"

"奶奶，我不吃了。洗手间能借用一下吗？"我说。

思远带我走进家中，经过一个房间时，里面又是无数的纸箱子，好像还有几个汽车轮胎。

洗手间的门虚掩着，看来这个门是永远也关不上了。里面横着一个白色的汽车保险杠，但由于洗手间的空间过于狭小，保险杠的一头正好卡在了门框外。洗手池下的管子旁边摆放了七八瓶汽车防冻液。洗手间里混杂着香皂、馊毛巾、尿骚以及机油的味道。这味道让我想起了壳牌汽车加油站的厕所。

思远在洗手间对面的房间里正在打包一个纸箱。

"你家……挺特别的。你住哪个房间呀？"我说。

"就这儿。"他向两排箱子中间的那条一人宽的缝努了努嘴。"我无所谓的，睡哪都一样。反正睡着之后就什么也不知道了。你等会儿我，客户刚才说要一个轮毂，我打包好了咱们就走，我家楼下有个吃串儿的地方。"他又补充了一句，用肩膀蹭了下快要从脸颊滴下的汗珠。

我站在房间门外看着他，觉得他干瘦的身体里正散发出一种无限的能量。这股能量正推动着他向自己的梦想一点点地靠近。

6

楼下的串吧外面坐满了人，似乎人们都很珍惜这短暂的秋夜。我们找了个离马路远些的位置坐下，点了些肉串以及毛豆花生之类的小菜，一瓶冰镇燕京。

"你以后准备做点什么？我的意思是，你不可能开一辈子的淘宝店，这毕竟是吃青春饭的。而且，你好像越来越瘦。"我说。

"以后不知道，没想过。能不能活到以后还不知道呢。不过，目前为止，我的梦想是加入'超跑俱乐部'。你知道那个俱乐部吗？里面绝大多数人都是富二代，污浊混杂，这些我都知道。但是加入俱乐部的条件是，你必须得有辆特别厉害的跑车。

我不是富二代，家里也根本就不管我，我就想通过自己的努力来证明不是富二代也能加入这个俱乐部。我爱车甚于爱自己，你看看我过的日子就知道了。我觉得没有谁能比我更懂车了，至少在中国。你说我这算是梦想吗？"

"不算，这充其量也就是个目标吧。在我看来梦想是要为之奋斗一生的，或是即使在人生的某个阶段完成了梦想，也要在余下的生命里可以继续延续下去的。换句话说，梦想具有一定的延续性。而目标不是。比如我，我的梦想就是有一个属于自己的家，我想把我的小猴子放在哪就放在哪的家。家里面住着我的孩子，最好是个女孩儿，还有我妈妈和胖杰。这个就是梦想。再比如胖杰，它的目标是每天吃各种各样的食物和垃圾，而梦想就是把自己吃成一条像猪一样的狗。你懂吗？"

他把半杯燕京灌下肚后，用一种极其困惑的语调长长地拉了一声："啊？"

我明白了，这些对他都不重要。

"今天你家里发生什么事了？"我问。

"哦，没什么事。"他停顿了一下，"跟你说说也没什么的。我爸妈离婚很多年了，在这之前我是极力反对他们离婚的。我不知道应该用什么方式表达我的愤怒，只是说除非你们把房子写到我名下。当时我认为这个极度伤人的条件会制止他们离婚，或是将他们注意力转移到我身上来，让他们觉得没有教育好我而感到愧疚。但我错了，错得一塌糊涂，简直是蠢透了。他们毫不犹豫地将房子写到了我名下。这件事让我明白了两点，一是谁都不能阻碍他们离婚。二是我在他们心里一点都不重要，我变成什么样，他们都无动于衷。离婚后，他们也没问过我以后想要跟谁过。因为他们外面早都有人了。现在这个房子是我奶奶跟爷爷在住，但是是我的名字，我妈来向我要房子了，因为她的小男友抛弃了她。她要我和爷爷奶奶搬出去住，至于搬去哪她不在乎。这已经不是她第一次来了。"

他用一种无所谓的态度说完后，推了下眼镜，然后灌下一杯啤酒。

我会心一笑："看来你已经习惯了。你知道吗，听完你这故事，我有种似曾相识的感觉。我理解，特别理解你。你知道我的车是怎么来的吗？"

思远摇摇头，眼神开始变得呆滞："服务员，来瓶燕京，冰镇的！"

"这车是我妈用来气我爸用的。他俩也离婚了，就在一年前。我妈是一个特别好面子的人，知道我爸外面有人了之后，死活都要离婚。但我爸有个前提，离婚可以，房子得归他。我妈二话没说，当时就答应了。我爸就留给了我妈二十万，她一气之下就给我买了辆宝马。她的意思很明显，她不在乎我爸给的这些钱，也不需要他的施舍。我爸本以为我们会小心翼翼地、仔细地花这些钱，然后在我们揭不开锅的情况下再去向他讨好。可现在一下子全买车了，甚至我妈还添了点儿钱。她就是不想让我爸的诡计得逞，我妈自认为一下子就看穿他了。可是我觉得她错了。这短短的一年里，我们搬了三次家，每次都因为几百块钱而跟房东争得面红耳赤，而这都是由我来出面解决的。三次，你明白这概念吗？"

思远点点头，又摇摇头。他有点儿喝醉了。

在他不省人事之前他的最后一句话是："秦梦，擒梦。我猜，你爸妈一定希望在你长大后能抓住自己的梦想。一定是的。"

人们坐在路边畅饮谈笑，偶尔一阵冷风吹来，掀起地上的塑料袋和用过的纸巾。深夜时，这条街又会变得孤寂，一切都是虚无。弯弯明月高挂于夜空中，云彩掠过时，月光忽明忽暗。

7

在这次见面后，我们有时会在网上聊几句。但他好像总是很忙的样子。春节的前一个星期，我准备动身回东北老家，在这之前，我决定前去探望他。

这时的他颧骨高傲地突起，面色铁青。思远说已经有一个星期未合眼了。最近出行人多，交通事故频发，需要为长途旅行而做汽车保养的人突然增多。我问他过年准备怎么过？他说准备看一眼烟花，然后蒙头大睡，我太累了。我问他，为什么只看一眼烟花呢？漫天烟花只有这天可以看到。思远说，因为他觉得烟花像个屁。只有那短短几秒钟挺爽的，消失在夜空中后，留下的是更寂寞的夜空，留下的是一阵阵呛鼻的火药味和满地垃圾，让人感到空虚、失落。我问他，你这么累，值吗？他毫不犹豫地说，值。他这副坚定而酷似骷髅的脸让我觉得有些可笑。

这天是大年三十。我给思远打了电话，是他奶奶接的，她苍老的声音哽咽地说，他上个星期在家里一觉没醒来，走了。

我站在窗前，看着漫天花火，手里握着手机呆呆地站在窗前，望向天空。

我问胖杰：

"你觉得烟花像什么？"

猴王

前些日子秦梦的奶奶去世了，虽然长大后很少再能见着那位李奶奶，但听闻这一消息后我还是无比心痛。这么些年过去了，也不知道长顺儿怎么样了，是不是还在这世界上冲着某家的花姑娘吐口水，或是早就被打死了也说不定，它实在是太淘了。长顺儿死了也好，这样李奶奶就不寂寞了。

秦梦是我的发小，虽是发小，但我们的父母并不经常来往。我只跟秦梦和李奶奶经常聚一起，我们三个是一拨的，后来长顺儿也加入了我们。长顺儿是只猕猴，有两个巴掌大小。眼睛大而无神，满脸惆怅。

第一次见到长顺儿已是十几年前的事儿了，而那时，它就已经把自己封为家里的猴王，这还多亏了李奶奶无微不至的照顾和秦梦的无限忍让。身为猴王的它见不得姑娘穿得漂亮。但凡谁家的姑娘穿了花哨些的衣服裙子，它就疯了。冲人家龇牙咧嘴，还发出像吐痰般的声音。身为一只母猴儿，这举止实在过于粗俗。李奶奶给它起名为长顺儿，就是想让它给家里带来些好运。因为这一家子，从老到小，就只能用"邪乎"来形容了。"邪乎"并不是因为家里有了什么"不干净"的东西，其意思是原本好的事情，但最后都会办得差那么一点。

　　长顺儿吃东西有些矫情。它最欢的是稻香村的枣泥点心和李奶奶做的红烧排骨。李奶奶血脂高且患有糖尿病，做饭口味是偏清淡的，这些饭菜对长顺儿并没有什么特别的吸引力。直到有一次，秦梦说喜欢吃我们家的红烧排骨，李奶奶就做了一次。从这以后，只要有红烧排骨，长顺儿就很自然地伸手去盘子里抓，以为那是特意为它做的。后来，李奶奶也不知道是从哪里听说，猴子不能吃过咸或是油腻的东西，容易患高血压、心脏病，活的年头也会跟着缩短。李奶奶从此就再也没让长顺儿吃过一口。长顺儿吃瓜果蔬菜也是很讲究的，不仅吃香蕉橘子之类的水果要剥皮，就连桃子和黄瓜也要去皮。这些毛病大都是李奶奶给惯出来的。

　　先来说说秦梦的爸爸，秦沐春。人如其名，五十好几的人，如今还沐浴在春风里，他跟一个三十八岁的"花姑娘"结婚了。这花姑娘要是被长顺儿看见了，准得把它气死，还得吐她一身口水。李奶奶喜欢吃香椿，秦沐春就买了两株香椿树树苗。他也不管小区里的物业是否同意往院子里种，趁夜深人静之时，刨了两个坑儿种上了。为此，李奶奶还是很感动的。可早晨一看，其中一株香椿树种反了，意思就是树根朝了上面。过了一年，另外一株发现是臭椿。这就是秦沐春，什么事让他一办，准得弄邪乎了，不知道是不是因为遗传了李奶奶的缘故。李奶奶还为秦沐春找补说，他是火命，克木！不怨他。

我们住在大学教职工的大院儿里，来来往往的邻居都是父母的同事。那个时候街坊邻里就像我们的亲人一样，谁家包了饺子、粽子或是什么平日里不容易吃到的东西，都会串门相送。我那时候还小，大概是在上小学五年级时，经常去李奶奶家串门。秦梦家里有各种航空公司的纪念品，那些都是秦沐春出差坐飞机时送的。秦梦那时候总是得意扬扬地告诉我，我爸爸说了，今年寒假的时候就带我坐飞机去海南过冬。可结果，秦沐春唯一一次带秦梦去度假的地方是北戴河，还是开车去的。

我和秦梦两人最喜欢干的事就是盘腿坐在阳台的榻榻米上，玩蛐蛐儿。那个时候，家里的阳台通常都是晾衣服或者用来储存大白菜和杂物的，要是谁家有个榻榻米，专门是用来打麻将喝茶聊天看书用的，那可是一件相当奢侈的事儿。这个榻榻米就是秦沐春自己做的。

每当放学后，我先回的是秦梦家，玩一会儿后再回自己家。傍晚五六点钟，是我最讨厌的时段，可在秦梦家就不一样了。李奶奶总是在家里备着水果、冰棍儿等着我和秦梦放学回来。奇怪的是，秦梦家什么东西都好吃些，就连双棒儿（冰棍名）也是。直到现在，我最喜欢吃的还是双棒儿。那是一种情结，一段记忆。记得那天我们一到家，扔下书包就爬上榻榻米，李奶奶端上来一大盘奶葡萄。我和秦梦手里一人拿了一串，边吃边看外面的景色（其实也没什么景色，由于住在三楼，看到的无非是老头老太太在楼下遛弯或是骑车下班回来的叔叔阿姨们），没吃多一会儿，就发现手里的葡萄已经所剩无几，再一看，长顺儿神不知鬼不觉地躺在那串葡萄下，两只手紧忙活着往嘴里倒腾，也顾不上剥皮这回事了，两个腮帮子已经快被撑爆了。长顺儿贪吃这个毛病看来是改不了了。其实李奶奶骨子里也是"不正经"的，不然怎么会在全家的反对下硬是领了一只猴儿回家呢，而且还是这么一只"不正经"的猴儿。

长顺儿其实并没有那么喜欢葡萄，因为葡萄的皮剥起来实在太麻烦，影响进食速度。它只是见我和秦梦吃的时候，心里不平衡——身为猴王怎么能在一旁傻看着呢。

晚饭时间，它开始萎靡不振，蜷缩在自己的小窝里哼哼唧唧的。不一会儿，"哇"地吐了一地淡绿色透明的汁水。不知道是因为吃太多了还是没有剥皮的缘故，它一直皱着眉头看着地上那摊汁水，太可惜了。

这天是中秋节放假的前一天，秦梦说晚上奶奶要做好吃的给我们。当我到她家时，李奶奶刚刚出门，烟灰缸里还有尚未掐灭的半支烟。我和秦梦坐在榻榻米上玩着一只刚捉回来的蜻蜓。那只蜻蜓被我们关进了一只塑料桶里，在死前做着无谓的挣扎。看着一个生命逐渐燃尽，就有种莫名的快感。蜻蜓最后颤抖了下翅膀，终于不动弹了。这时候，我们闻到阵阵呛鼻的烟味。回头一看，长顺儿蹲在摇椅上，学着李奶奶的样子，用两根手指头夹着烟。一股一股的烟雾正从它的嘴里吐出来，云山雾罩的。长顺儿被烟呛得直咳嗽，眼睛也睁不开了。我们指着它笑得差点背过气去。长顺儿把烟头一下扔在地上。秦梦见后一个箭步把烟头捡起来，抄起李奶奶的"老头乐"就要揍长顺儿。长顺儿身小灵活，在沙发和茶儿之间蹿来蹿去，这是我第一次知道什么叫"跳马猴子"。

长顺儿蹲在书柜上，冲着秦梦龇牙咧嘴，以表胜利。秦梦气得冲着它说，你等着我奶奶回来的！话音刚落，李奶奶左手拎着一大塑料袋子的菜，右手拎着一只半死的老母鸡，满头大汗。长顺儿一见李奶奶回来，一下钻进了笼子里，装可怜。秦梦看着它小声说了句"瞧你那德行"后，直接冲进了奶奶的怀里，哭着说，奶奶，长顺儿欺负我！奶奶一见秦梦哭了，这下有点慌。秦梦故作抽泣状，长顺儿抽你的烟不说，还故意把烟头儿扔在地上。我就想说说它，谁知道它蹿到我头上，抓我的头发！奶奶听后，皱着眉头看躲在笼子里的长顺儿，她的眼神就像那小刀，飞快地向笼子里掷去，长顺儿这下子害怕了，嘴里发出嘶嘶声，在笼子里上蹿下跳并使劲摇晃着笼子。每当长顺儿有此举动，就代表着它承认错误了。当然这也是我们的一种猜测，没准它在抗议也说不定。秦梦躲在奶奶怀里，得意扬扬。还好长顺儿不会说，也听不懂人话，可以凭秦梦任意编造。

这点实在有些不公平，可世事哪有那么多的公平，只能希望长顺儿下辈子投胎可以做个人，能为自己做主的人。

李奶奶把长顺儿锁在笼子里，端来了一个大铁盆放在笼子前，一手拿着菜刀，一手拎着老母鸡的双脚，那只鸡已经奄奄一息了。李奶奶坐在小马扎上，对着长顺儿狠呆呆地说，我告诉你，以后你再不听话，我就……说着一刀砍在了母鸡脖子上。李奶奶又说，知道这叫什么吗？这叫杀鸡给猴看！这一刀砍下去，长顺儿心里算是记了仇。

长顺儿不仅抽烟，还学着李奶奶喝酒、吃药，反正就是人干什么，它就要干什么。那天，秦梦着急地跑到我家里来，使劲敲门，说是长顺儿不知道怎么了，一个劲地往墙上撞。李奶奶那时不在家，我跟秦梦抱着长顺儿就往医院跑。这是一个观赏宠物医院，这个医院大多数观赏类的宠物都可以治，据说还可以治大象。但来这看病的大多是猫和狗，也有很少几只变色龙。

长顺儿在秦梦的怀里难受坏了，一直摇晃着脑袋。后来经过检查，原来它是服用了大量的药物。但具体吃了什么药，宠物医生也检查不出来，只好给它灌些双氧水。正在医生准备掰开长顺儿的嘴，往里灌之时，突然有人喊"慢着"！我们齐刷刷地回头看去，李奶奶一路小跑喊道慢着！经过医生耐心讲解她还是搞不清楚为什么非要给长顺儿灌"双氧水"不可。她之所以极力反对，就是因为那种液体听上像是某种有毒物质。她冲着医生嚷嚷道，你是怎么当医生的？治不好就给我们灌毒药！说着就抱起长顺儿往外走。平时性格温和的李奶奶说话时总是慢条斯理的，看来这次是真急了眼。她一边往外走，一边念叨着，现在的医生怎么一点医德都没有了。那宠物医生是个四十岁上下的妇女同志，她一下拉住李奶奶说，您可真逗，双氧水就是催吐的，很安全的，那又不是敌敌畏，您别紧张！李奶奶停住了脚步，半信半疑地又说了句，真的？妇女同志把长顺儿从李奶奶怀中抢了过去，要是再不催吐，到时候可就真有危险了。李奶奶这下慌了，啊？那赶紧的，赶紧让它吐！妇女同志一边用根粗大的针管，掰开长顺儿的嘴往里灌，一边念叨着，这给猴儿催吐可是头一回呢。长顺儿被按在桌子上，动弹不得，眼瞅着它的小肚子一点点鼓了起来。它被灌得流出了眼泪，看得李奶奶心疼坏了。李奶奶闭上眼睛赶紧出了门，说，这死孩子，让它尝一次苦头才能长记性。五分钟过后，大量的小药丸混着双氧水及早上吃的猪肝一并从嘴里吐了出来。长顺儿半睁着眼睛，虚弱地倒在了地上。李奶奶小心翼翼地将它捧起来，它身子柔软得像一块南豆腐。回家后才发现，它是偷吃了李奶奶治中耳炎的药。这整一瓶的药看样子是全吞了。这地方牢牢记在了长顺儿心里，每次路过医院都要掉头往回跑。

听李奶奶说，长顺儿刚来家里的时候，并不是现在这样猖狂。它讨厌到外面去，整天像得了抑郁症般，躲在书柜上面不下来。每次刚一出门，就试图往家里跑。李奶奶说，可能是之前的主人经常带着它"游街示众"，总想着给它卖个好价钱的缘故。长顺儿的个头比别的猴子小，体质也差些，枪毛枪刺儿的，瞪着两个大眼珠子乱转，一看就是满肚子坏水的主儿（事实也是如此）。所以大多数人都不愿意将它买走。好不容易长顺儿有了一个稳定的家，又怕将它扔回大街。

长顺儿不愿意出门，李奶奶也没辙。只好等长顺儿在家待习惯了，再出去也不迟。所以刚来的时候只好将屎尿拉在家里，并且没有固定的地方。阳台、卧室、厨房，哪哪都成了它的厕所。长期如此，家里的味道可想而知。李奶奶不停地跟家里有宠物的街坊邻居抱怨着。谁知道，一位常年养狗的大爷给李奶奶支了一招，让她到网上去买一瓶宠物拉尿诱导剂。李奶奶一听这话，心里的一块石头是准备落下了。可是她老人家怎么会网购呢？于是便找到了秦沐春，隔了两天宠物拉尿诱导剂便寄到了李奶奶家里。

李奶奶对长顺儿没有过多的要求，但起码要在家有个固定的拉尿位置。她在厕所喷了两下诱导剂后，家里的味道瞬间变成了大象馆，就连同一层的街坊邻居也能闻到。长顺儿像是被这味儿给刺激了，在家里捧着屎尿上下蹿腾。李奶奶心里那块准备落下的石头，一下又提到了嗓子眼儿。

后来我们仔细一看，原来这诱导剂是给宠物在外面用的。李奶奶再也不为秦沐春辩解了，只说了一句，这没溜的东西！但李奶奶并没有为此而不再找他，但凡李奶奶身边有个靠谱的人，她也不会再让他办任何事了。李奶奶最常说的一句话就是："梦梦，长大后可不能像你爸爸那样啊。"

长顺儿长大后，每天就盼着外面出去玩一个小时。但只要超过一个小时，它就累了。记得那年，李奶奶带着我和秦梦还有长顺儿到香山去玩，那个时候的香山人少。夏天时，山里阴凉，空气清爽湿漉。时不时地还有老头儿拎着小收音机在山里唱京剧，虽是哼唱，但也唱得十分仔细，连过门也要加进去。不像近些年，最常听见的是类似《小苹果》的网络神曲，人人都能唱。以前香山公园的看门大爷很健谈也很寂寞，逮谁跟谁聊。

香山不准带任何宠物，李奶奶就把长顺儿裹在襁褓里，假装它是个婴儿。李奶奶一直对长顺儿说，你乖乖的，不许瞎叫唤，也不许张牙舞爪地乱动。不然你就得被看门的大爷抓走了。被抓走了我可救不回你。长顺儿一双大眼睛叽里咕噜地来回转，听不懂李奶奶在说什么。我跟秦梦给李奶奶打掩护，在检票的时候我们就一个劲地跟看门大爷聊天，有什么聊什么。看门大爷高兴极了，已经顾不上李奶奶了。见他们顺利进门后，我们拔腿就往山里跑。

见人少后，李奶奶把长顺儿从毛巾被里放了出来，给它拴上了绳子。我们气喘吁吁地坐在一个凉亭里。秦梦指着长顺儿说，都是因为你！长顺儿虽然听不懂人话，但是语气还是可以听出来的，再加上秦梦一副略微生气的表情。长顺儿不知发生了什么，自己什么也没做却又遭到了指责。它一下跳到李奶奶的肩头上抓耳挠腮，冲着秦梦吼了两声。秦梦说，奶奶你看，它还有理了。李奶奶说，这不也是咱们要带它来的嘛，它懂什么。

李奶奶牵着长顺儿，我们一起往山上爬。长顺儿认人，只能李奶奶牵着它。换成别人，它的一双小手就死死拽着绳子，与牵着它的人形成拔河的姿势。山里人少，静谧凉快，风一吹还有草香的味道。那时的小松鼠偶尔会蹲坐在路边，从容地享受着手里美味的榛果，不像现在香山里的松鼠，个个都贼眉鼠眼，枪毛枪刺儿的，趴在树枝上偷窥着。

猴子本属山里的动物，长顺儿却是第一次到山里来。这里的一切都让它感到陌生、新奇。离开了车水马龙的城区，它有点儿不适应。起初，它走路的样子谨小慎微，就连喜鹊突然从树丛里猛地蹿出来，也会把它吓一激灵。可没多一会儿，它就适应了，身体也舒展开来，看到自己觉得有意思的东西，还回头看看李奶奶，用手指指。每每这时，李奶奶就点点头，嗯嗯，知道了知道了。在我眼里，长顺儿更像李奶奶的孩子。有它的陪伴，李奶奶并不感到寂寞，可长大后我才知道，事实却不是这样的。长顺儿兴奋过了头，没走多一会便累了。它见李奶奶不抱它，就躺在地上装死，一动也不动，眼睛也不眨一下。秦梦指着它没好气地说，长顺儿又装死，每次都这样。你觉得有意思吗？我蹲下来，用手指戳了戳它肚子，果然一点儿反应也没有。李奶奶没办法了，只好把它抱起来，长顺儿立马又欢快了起来。

李奶奶的腿脚也并不是十分利索，我们在半山腰上找了一个凉亭，坐下了。我和秦梦从书包里翻出零食来，边吃边看远处的风景，随便吃点儿什么都是高兴的。李奶奶在一旁看着我们，脸上带着微笑。李奶奶突然说，家里有两个孩子就是好。你也搬来我们家吧。你跟秦梦做个伴儿多好呀。我说，好呀，明天就搬过去。可当时也就那么一说，直到李奶奶过世前，我都不曾在她家睡过一晚。现在想想真是可怕，那时候的我就已经学会了搪塞。李奶奶看着远处，虽是半山腰，但也足可以看到半个北京城："这一晃，也有快五年没来过这里了。上次还是秦梦爸带我来的。但他走得太快了，我腿脚不利索，跟不上。走了一会儿我就歇了，记得也是在这个亭子上歇的。他就一个人继续往上爬，一个多小时后才下来的。这亭子往上的景儿，我早就忘了。年轻的时候只和秦梦的爷爷爬上去过一回。"此时长顺儿已在李奶奶怀中睡着了。秦梦说，那咱们歇够了继续往上爬，现在离天黑还早着呢。李奶奶笑着点头。山里的气温比市区的要低几度，长顺儿突然打了一个喷嚏，李奶奶说，长顺儿怕是要感冒了，咱们还是回去吧，下次再来。她走时，抱着长顺儿往山上看了一眼，下次还有机会呢。

在我的印象里，秦梦的大姑只去过两次李奶奶家，并且都不是逢年过节的时候。在一个极其普通的日子里，她提着一盒稻香村的点心看过李奶奶。她叫秦沐夏，是李奶奶的大女儿。秦沐夏从小有个摇滚梦，可惜由于基因问题，天生五音不全。李奶奶说这是病，没法治。秦沐夏死也不甘心，大学肄业后便向朋友借了点钱，在南城盘下来了间小平房，自己改成了一间有摇滚乐队演出的酒吧。这些事，李奶奶全然不知，还以为她在某个国企里上班呢。

那次李奶奶非要出趟远门。无奈下，只好将家里的两个孩子分别送走。秦梦送到了秦沐春的家，长顺儿送到了秦沐夏的店里。秦沐夏的酒吧我和秦梦一起去过两次，一次是送长顺儿去，一次是接长顺儿回。两次都是白天去的。那边的服务员很热情，见到我们两个带着长顺儿都觉得很新鲜。长顺儿属于怂蔫坏那类型的。到了陌生的地方就犯怂，熟悉后就开始犯坏，只要被别人抓住"犯罪"现形就打蔫。

长顺儿早已经被李奶奶给惯坏了，在家中四处捣乱，自由得很。它这么折腾，一是要体现自己的存在感，二是想证明自己才是家里的老大。可到了秦沐夏的酒吧后，它就立刻被拴到了离吧台不远处的一张吧凳上，绳子大约长三米。长顺儿先是极力反抗，扯着脖子上的绳子拼命挣扎。秦梦蹲下来在一旁试图安抚，可当她刚一蹲下开口说话时，长顺儿闹腾得就更厉害了，几度都差一点将凳子拽倒。秦沐夏说，长顺儿就是欠管教，在我的店里待上一个星期，它这些臭毛病全都能改过来。秦梦说，它在我们家就是猴王，犯了错奶奶也舍不得打它，也就是骂两句，可它能听懂什么。现在可好，猴王被拴在了椅子腿上，就算它有再大的能耐，也拗不过秦沐夏的那一根三米长的绳子。我在一旁看着长顺儿，心想，当年孙悟空被压在五行山下的心情也不过如此吧，只是孙悟空被压得严实，动弹不得。

晚些时候，客人逐渐变多，长顺儿在店里颇为显眼。起初，客人们是觉得它很酷，在酒吧里养只猴子比养狗养猫要高级得多。长顺儿变成了店里的焦点，不一会儿就被包围住了。客人们指指点点，有的甚至想上前抱抱它，长顺儿瞬间受到了惊吓。眼前这一帮丑陋的面孔让它浑身不自在，也有可能是唤起了过去"游街"那段日子的记忆。它靠着自己仅有的活动范围，冲着客人们张牙舞爪，自以为露出一副凶残的样子就能将人们吓跑，可事实却恰恰相反。那一群摇滚青年反而被它的那副嘴脸逗得大笑起来。长顺儿彻底没辙了，把身体瘫在地上，满脸倦态。客人们见长顺儿不再反抗，就齐刷刷地伸出手争先恐后地要去摸它。它蹲在那里，自暴自弃了，任凭客人们怎么"蹂躏"都不再反抗了。秦沐夏站在一旁，双手交叉在胸前说，哼，长顺儿就是欠教育。说罢便去招呼朋友了。

店里刚开张的时候，喝酒看演出的基本都是秦沐夏的朋友或是乐队里乐手的朋友，外面来的客人很少。店里从没坐满过，永远都是稀稀拉拉的几个人。后来，那间酒吧就变成秦沐夏和朋友们的私人聚会点儿了，再后来就彻底倒闭了，因为她那些无业的摇滚朋友们从来不付钱。

据说，长顺儿就这么日夜被拴在凳子腿上，过了两天倒也习惯了。习惯店里的环境后，它就开始想方设法地犯坏。每当服务员端着一托盘的酒水从它身边走过，它都要用力拉住人家的裤角。有一次，那服务员竟被长顺儿绊个跟跄，一整盘子啤酒全扣在了一个正在向周围女孩扮酷耍帅的摇滚青年的头上。那摇滚青年一拍桌子，上前抓住那小服务员的衣领，准备往他脸上狠狠挥一拳，长顺儿在一旁欢快地拍手叫好。还好那摇滚青年及时被秦沐夏给拦了下来。之后的几天，长顺儿就彻底被软禁了。它被关到了一个鸡笼子里，同样也是整日地关着。秦沐夏不是坏人，用这种方式对待长顺儿是想给它点教训，让它长记性。长顺儿才不吃这套，将它关起来只会增加对秦沐夏的憎恨而已。

秦沐夏是个怎样的人呢？由于李奶奶年轻时把主要精力都放在了秦沐春身上，疏于对秦沐夏的照顾，长大后的她变得叛逆且粗犷。但骨子里，她却是个脆弱的人。秦沐夏高中毕业后就基本算是离开家了，她对李奶奶的了解也仅限于离开家那会的印象。李奶奶年轻时身体好，喜欢偏甜口的食物。地安门那家的秋栗香栗子和稻香村的点心是她最喜欢的。秦沐夏不愿去看望李奶奶是因为她害怕、恐惧。她害怕面对李奶奶，害怕她问起自己的工作，害怕她问起自己的婚姻状况，她害怕面对最真实的自己。面对这些问题，她不知如何应答。她的生活圈子热闹，心却是孤独的。关于这些事，李奶奶心里清楚得很，所以并不埋怨她。每次看着秦沐夏给送去的秋栗香栗子还是很感动的，因为全北京城只有这家的栗子需要排大队，有时候得等四十多分钟。要说这家栗子有多好吃，其实也就那么回事儿，和隔条马路的秋栗源的味道差不多。有些人排大队买栗子是凑热闹，有些人是买个心意。而秦沐夏就是去买那份心意的。每次她带过去的稻香村点心，都会一点儿不剩地被我和秦梦吃得精光，有时候也会分给长顺儿一些，它最喜欢的点心也是稻香村的。李奶奶满心欢喜地看着我们吃，自己却不碰，因为她已被糖尿病缠身快五年了。

长顺儿第一次见秦沐夏并没有吐口水，因为在它心里秦沐夏远不如自己漂亮。事实也是如此，一脸的憔悴配着身上从头黑到尾的衣服，像极了黑寡妇。她活了半辈子，越活越消极，越活越迷茫。李奶奶告诉她，不要从生活中寻找意义，因为它本无意义。可她却不信，总想一探究竟。

　　一个星期终于过去了，李奶奶一次也没有去看望过长顺儿。后来我才知道，李奶奶那个星期原来是去住院了。长顺儿回了家，立刻钻到了李奶奶的床底下，怎么召唤都不肯出来。李奶奶心疼它，说肯定是在秦沐夏那儿受委屈了。过了几天，长顺儿终于跑出来了，直接蹿到家中的最高处——书柜顶上，真是好了伤疤忘了疼，一点长进也没有。李奶奶说，随它闹去吧，只要它健康快乐就行。我问李奶奶，等长顺儿再长大一点儿，要不要给它找个男朋友？李奶奶说，这品种的公猴不好找，找了长顺儿也不见得喜欢，它挑着呢。再说了，它有了男朋友就会把我忘了，跟秦梦她爸似的。随着日子一天天地过去，李奶奶住院次数逐渐变多了。那是她最后一次离开家前，李奶奶怀中抱着长顺儿一下一下认真地抚摸。长顺儿突然从怀中蹿跳了出来，在地上发出短促的吼声，并摇晃着身边的桌子腿。李奶奶看着它安抚道，我去去就回，跟上次一样，你要听话。这番话不能使长顺冷静下来，反而让它的情绪更激动了。此时，秦沐春拎了一只箱子进门了。他见长顺儿这副样子说，动物都有灵性，它准是预见到什么了。李奶奶不作声，只是眼泪一直往下掉。秦沐春动作迅速，把李奶奶收拾好的行李往箱子里塞。

长顺儿便跳到秦沐春的肩膀上，撕扯他仅剩不多的头发。他一个猛劲把长顺儿扔到了地上，长顺儿又不依不饶地蹿进了行李箱里。秦沐春道，你再胡闹我就把你扔回大街上！李奶奶没辙了，只好把长顺儿关进了笼子里。李奶奶望着笼子里的长顺儿，想好好道别，只是秦沐春一个劲地催促，咱们得赶紧走了，车停在了单元门口，时间长了要罚钱的。李奶奶最后看了它一眼掉头就走，那一瞬间长顺儿哭了。

后来，李奶奶再也没回过这个家，那亭子往上的景儿她是没机会见着了。再后来，猴王长顺儿还是被秦沐春在天桥上二百块钱给卖了。原因是长顺儿把他抓伤了。

雕塑师

1

　　北京的一月份干燥而寒冷，朵朵一个人走在 A 艺术中心的巷子里，准备和一个叫栗子的闺蜜会和。她们约好今天来看雕塑展。朵朵踩着一双深褐色的雪地靴，一条紧绷牛仔裤。她瑟瑟发抖地等着栗子，即使是在这样的寒冬里，她依然拒绝穿秋裤，因为这不时尚。在她的概念里，时尚的人都不该穿秋裤。当然，恋爱中的人也不该穿秋裤。因为没有哪一部影视剧里的激情戏会出现脱秋裤这一画面。她走到一个小卖铺跟前说："老板，来盒中南海，点儿五的。"

朵朵在展馆前点了一支烟，深深地吸进了肺里，口红淡淡地印在了过滤嘴上。

"哟，来这么早！"栗子咧着嘴，远远地向她走来。她还是老样子，一个阿炳式的小圆片墨镜配上乱七八糟的衣服。

"嗯，今天还行，没等一支烟的工夫你就到了。"

"这话让你说的，我多准时一人啊？怎么让你说的我好像特别没时间观念似的呢？""你先回家自己百度下一天几个小时后，再来跟我聊时间观念这事儿吧。"

人潮开始向展馆内涌进，朵朵的烟只抽了一半，就把烟头甩在了地上，用脚尖碾灭："进去吧。今天的雕塑展据说不错。不过我估计你也看不懂。"

展馆内没有暖气，只有空调在吹着微弱的暖风。栗子紧紧地挽着朵朵手臂。展馆内空间很大，大大小小的雕塑差不多有四十余件，作品主要以人物表情和身体局部为主。惨白的石膏像、漆黑的墙壁和昏暗的灯光，阴森恐怖。一举一动，似乎都有无数双眼睛在盯着你。

栗子看着这三十张表情诡异扭曲的石膏像，毛骨悚然，她突然问朵朵："这艺术家是不是变态啊？这么多张脸平时放在工作室里他不瘆得慌吗？咱们走吧，我知道这儿附近有一家特好吃的面馆儿，走吧咱俩。"

朵朵没理会她，只说了句："你能把你那个阿炳眼镜摘了吗？"

"不行，摘了就不文艺了。"

朵朵的目光被摆在展馆中央的一个女人裸体石膏像所吸引。她觉得臂弯中的栗子瞬时变成了累赘。

女人的雕塑放在了一个高高的展台上，四盏小型聚光灯直射在四周。她眼神中充满了恐惧，赤裸着身体，全身无力，后背微微隆起，双手向前抬起像是要试图抓住什么东西。这雕塑给人一种无助感，让人想要落泪。

朵朵聚精会神地凝望着它，想象这雕像背后的故事。

"感觉怎么样？"一个充满磁性的声音突然出现在朵朵耳旁。

"哎哟，你谁呀？"栗子摘下眼镜。

"两位小姐别误会，看你们在这雕塑前站了很久，就想问问你们觉得这件作品怎么样。"

"这件作品让我有一种说不出的感觉。她眼神很悲伤，身体与双臂的无力是在表达女人的无助感，可她双臂偏偏又微微地努力向上抬起，又说明了她对某种事物的渴望，她用最后一点力气想要抓住它。那具体想要抓住什么呢，有可能是正在转身离去的一个男人。抽象些的话，有可能是正在逝去的青春，也有可能是已经无法挽回的爱情。"朵朵说。

男人盯着朵朵的两片烈焰红唇欣慰地笑了。栗子却目瞪口呆。

"听到这位小姐的评价后，我特别高兴，终于遇到懂我作品的人了。你好，我叫胡安。"男人一只手背在了后面，一只手伸出来向朵朵握手。

栗子贴在朵朵耳边说："你别理他，现在的艺术家脑袋都不正常。咱们走吧。"

栗子向所有对朵朵示好的男人都充满着敌意，她认为，那些男人都是既猥琐又不怀好意的。

"我姓那，叫那一朵。叫我朵朵就行了，她是我朋友栗子。"

"好听，名字真好听。起名字的人一定希望你像花儿一样美，那一朵美丽的花。"

经过一番介绍后，他们互换了电话，便离开了展馆。胡安站在展馆内看着朵朵纤细的背影，直到消失不见。

2

"你干吗要给他电话？我跟你说，他就是那种典型的伪艺术家，不知道上哪儿弄了些破石膏像就开展了。你看看展馆里摆的都是些什么？一个个的人脸还有被解剖了的四肢，他一定是个变态。"

朵朵似乎还在回味刚才那女人的雕塑作品，说："管他伪不伪呢，反正我是觉得他挺有才的。刚才那个人体雕塑真的是惟妙惟肖，更何况，你不觉得胡安挺帅的吗？磁性的声音和一些恰到好处的胡楂，多有男人味儿啊。"

"别逗了你，男人味儿？我告诉你男人什么味儿——臭豆腐味儿。我可警告你啊，那个男人给你打电话你别接，肯定没好事，要是他非约你出去，你得带上我，听见没？"

"你紧张个什么劲儿，不就一个男人管我要了电话吗？我看你就是羡慕嫉妒恨。"

栗子突然站住了:"你再给我说一遍！我……我羡慕嫉妒恨？我那是关心你！你哪天要是被他勾搭走了，被甩了的，哭得死去活来的时候你可别来找我！"说完她突然哭了起来，掉头就走，嘴里一直嘟囔着，"我羡慕嫉妒恨？我羡慕嫉妒恨谁了我？"

栗子这一哭把她吓着了，相识这么多年栗子就哭过两次，就算被打得鼻青脸肿也没掉过一滴眼泪。上一次哭是在她奶奶过世的时候。朵朵拉住她，一再道歉。

两人终于走进前门附近一家面馆儿，这家的面很特别。一天只做五十份，卖完就关门。面馆的装潢用栗子的话说就是很"文艺"。四周和桌椅全是浅黄色的木头，墙壁上挂着两把古典吉他、一些黑色胶片和有关爵士乐的旧海报，这家店的装潢看上去更像个酒吧。老板应该是个爵士乐爱好者。面的味道一般，可这里每天都挤满了人。也许是因为这家店看上去比其他的面馆略显"文艺"，又或是这家店的面是"限量"的，什么东西只要沾上"限量"二字，就变成了宝贝，不管是什么。现在的人不就是喜欢抢吗？

栗子吃面时终于把墨镜摘了下来，小小的丹凤眼依然红肿着。

"怎么样，这地方文艺吧？"

"我说栗子，你能不把'文艺'这俩字天天挂在嘴边上吗？你以为往墙上挂点儿东西就文艺啦？文艺这词儿不是这么表面化的东西。懂否？"

关于栗子为什么整天将"文艺"二字挂在嘴边，事情是这样的。初中毕业后，两人都没考上大学。朵朵喜欢艺术，就上了一所艺术类大专学校。栗子高中毕业后就彻底辍学，跟着家里做小生意去了。朵朵学的是动漫设计，她的梦想就是当一个艺术范儿十足的漫画家。在上大专的时候，她喜欢上了一个男生。他们是在一节人体素描课认识的。他叫赵柯。朵朵第一次看见他时，大脑里瞬间分泌出了许多胺多酚。赵柯并没有艺术家那一头标准的长发，而是一头干净利落的圆寸头。朵朵迷恋了他整整三年，直到毕业也没有勇气向他告白。毕业后，朵朵阴差阳错地当了玩偶设计师。栗子知道朵朵喜欢文艺男青年后，整日将"文艺"二字挂在嘴边，又打扮成自以为是文艺男青年该有的样子。

朵朵又说道："唉，栗子，不是我说你，你说刚才那事儿你至于哭成这样吗？"

"至于，至于极了。反正我就是不高兴你把电话随随便便给了别的男的，还说我羡慕嫉妒恨你。这根本就是两码事。算了，不说这事了，跟你说也说不清楚，你是不会懂的。"栗子就着一肚子的委屈，迅速把面吃完了。

"你觉不觉得他的整体感觉特别像赵柯，尤其是他的眼神，特别的忧郁，赵柯也是这样的。你还记得他吗？"

栗子瞬间明白了，两人沉默了很久，吃完面便各自回家了。

3

朵朵和栗子是初中同学，自从那一件事儿发生后，两人从此便成为捆绑式销售的好朋友了。

那是在上初中二年级的时候，朵朵在班里是班花。十三四岁的少男少女们正处于爱情的懵懂期，长得稍微漂亮点的女孩儿都在忙着谈恋爱。在年级里甚至是全校，喜欢朵朵的男同学不计其数。只有一些在年级混得有点儿模样的男孩儿才敢向朵朵示爱。自然而然的她就变成所有女生眼中公认的情敌，身边的朋友少得可怜。一天放学后，朵朵在回家的路上，正当她一个人骑车要拐到一条胡同的时候，被一群女生给拦了下来。其中带头的女生叫王雅兰，她是学校的大姐头。自从入学的第一天开始，就喜欢上了一个叫何一冰的男孩。王雅兰苦苦追求何一冰一年半，是磨破了嘴，伤透了心。何一冰拒绝王雅兰的理由有三个：一是嫌王雅兰脸上的痘痘过密，二是嫌她有点儿谢顶，三是他已经有心上人了，就是那一朵。这三条原因归根结底其实只有一个，就是他只喜欢漂亮的女孩。自从何一冰明确拒绝王雅兰后，她就视那一朵为肉中刺。上初二的时候，她拉帮结伙地终于凑齐了一小撮儿人，她们都是那一朵的情敌。

王雅兰头发中分，发型是照着当红韩国偶像团体 HOT 里的成员安七炫剪的，但头发没敢染成金黄色。她的校服也按照自己的身材定大了两码，尽量把自己打扮成当年最流行的韩国范儿。她身后那五六个女生高矮胖瘦不一，但脸上都是一副"今天非揍死你"的表情。

朵朵见过此场景已经不是一次两次，但每次都可以成功地被她的仰慕者当场营救，可今天不同，她正要掉头向反方向骑走的时候，身后又被一小撮儿人给截住。王雅兰总算逮到这个机会了。

"你还想往哪跑啊？给我抽！"王雅兰站在两撮儿人的身后咬牙切齿地大声命令。

几个女孩上前就把朵朵从自行车上拽倒在地，一边猛踹，还一边嘴里念叨着："你个狐狸精！你个小骚货！"于是不同男孩的名字立刻纷纷从各自的嘴里冒出。

正当她们踹得起劲时，一个不知道是男是女的孩子从胡同口飞奔出来，从校服上看，他们是一个学校的。

"哟，又他妈来一个护花使者？"王雅兰嚷嚷着。

只见那孩子甩开书包，拉开围在朵朵身边的女生。扶着朵朵慢慢站起来。

王雅兰这下气着了，上前就给那孩子一个嘴巴子。

"老娘跟这儿教育她，你成心捣乱是吧？给我滚远点！"

这孩子一句话也不说，张开双臂保护着朵朵。

王雅兰自己带头，一把抓住那孩子的头发。不一会儿这群女生就把他压倒在地，朵朵在胡同里面大叫。

胡同里的街坊邻居听见外面如此吵闹，纷纷出来看热闹，不一会儿她们就被几位大婶儿拉开了。

朵朵已经忘了疼痛，呼吸急促地蹲在一旁盯着蜷缩在地上的"护花使者"。

"现在的小丫头片子可真够疯的，居然拉帮结伙地打架，都以为自己是女流氓呢。也不知道学校是怎么教的。"大婶儿们愤愤不平地嘟囔着。

朵朵在一旁打量着这孩子：从校服上来看他应该是自己学校的，可对他一点儿印象也没有。秀气的鼻子和手指看上去是个女孩，但却剃了一个和男生一样的板寸头。

"行了，你别看了，我是女的。叫我栗子就行了，你要没什么事的话赶紧回家吧，免得她们待会又过来堵你。"

自从"被抽"事件后，两人就成了朋友。说是朋友其实并不准确，因为两个人之间的友谊通常是建立在双方感情平等、非常纯洁无杂质的前提下。正处于青春期的她们，完全没有意识到，这段友谊会随着时间的蔓延被腐蚀得一干二净。

虽然朵朵答应了栗子不接那艺术家的电话，可心里却一直在期待他的来电。对于艺术细胞极其发达以及颇有男人味儿的人她是无法抵挡的，艺术家性感的声音一遍又一遍地萦绕在耳畔。

一个星期过后，朵朵的电话响起了，是一个陌生号码。她兴奋地接起电话。

"是那一朵小姐吗？"

他充满磁性的声音穿透力极强。朵朵兴奋地用力咬住拳头，以免因激动而失控。

"我是胡安，还记得我吗？"

"胡安？"朵朵故作失忆状，"哦，记起来了，雕塑艺术家。"

"真是好记性，本来想第二天就打给你的，可是最近比较忙，这刚一结束就立刻打给你。你今天晚上有时间吗？我想请你吃个便饭。"

"可以，没问题。"朵朵想都没想，立刻脱口而出，可话音刚落又无比后悔，觉得她突然失去了作为一个"文艺女青年"所应有的矜持。

挂下电话后，朵朵盯着屏幕直到熄灭。这时屏幕又突然亮起，打来的是栗子。朵朵不想接她的电话。

与胡安约见面的地方是在 B 饭店附近。

因为说是便饭，朵朵穿了双略旧但不失设计感的黑色羊皮靴子，和一件红蓝相间的格子衬衫。她站在一家叫槐花三月的餐厅外面，透过落地玻璃窗，深深感到自己的行头与这里有些不符。胡安坐在角落里，腰背挺得笔直，已经开始在看菜单了。

她为了防止栗子的干扰，关机了。

朵朵吸完最后一口烟，走进了槐花三月。

服务生帮朵朵拉开椅子，胡安见朵朵坐下，立刻说："赶紧喝点儿热水暖和暖和吧。"

朵朵看着周围，屁股上长满了刺。

"胡安老师，我看咱们换一个地方吧……"

"怎么了？你不喜欢这儿？"

"不是不喜欢这儿，就是觉得往这儿一坐，好像连饭都不知道该怎么吃了。不然我带您去一个地方吧，全北京最好吃的涮肉馆子。"朵朵把一只手挡在了嘴边，小声说，"一般人我不告诉他。"

"行，走！馆子在哪？"

"前门。"

馆子在一家公厕旁边，规模小得一般人不敢往里进。一个小木门用两张大棉被遮盖着，上面挂着一个写着"张记涮肉"的匾。老板是个满口京腔的大爷，目光炯炯有神，甩着两只宽袖子像是唱戏的。

"白菜粉丝冻豆腐，三盘瓜条。一个小二，两瓶燕京，冰的。"朵朵用半分钟点完了菜。胡安依然在低头看菜单。

"别看了，点别的跟涮肉都配不上。信我没错的。"老板在旁边说完就走了。

"真逗。"胡安便合上了菜单。

两人沉默片刻，都觉得有点儿尴尬。胡安赶紧说："我找你来其实没有别的意思，就是上次听你对我作品的评论后，特别感动。其实没有几个人可以把我的作品理解得这么透彻，有的人看过后觉得那是一个很普通很没有价值的作品，有的人是完全看不懂，不明白为什么我会以它作为自己的代表作。可是你不一样，我觉得在现在这社会里，想找到知音是件特别不容易的事。我觉得你挺特别的，所以我就很想认识你。"

经过胡安这一番深情表白后，朵朵突然明白了他的用意，原来是想找个知音。

"你怎么知道我就是你的知音？其实我完全不懂艺术，我只是个玩偶设计师，平时的工作就是自己设计一些玩偶跟小饰品，然后再放网上去卖，连个正经的工作都没有。而对于艺术，我纯属是业余的。"

"既然不是专业的，还能做出如此准确的评论，这说明你的艺术感觉很灵敏。其实人和人的交往是一种缘分，一个偶然的机会让你知道了在 A 艺术中心里有一个雕塑展，你又偏偏来展馆里参观，又一个偶然的机会让我遇到了你，我们互换了电话，其实你完全有理由拒绝我的。这一切其实都是缘分。"

"缘分"，好俗套的一个词语。

酒菜逐渐上齐。

"这家店开了有十来年了，小时候我爸就经常带我来。"朵朵立刻扯开了话题。

两人面对面地坐着，隔着热气腾腾的铜锅，朵朵觉得这一切是那么虚幻。

"咱们待会可以换个地方，我带你去一家我特别喜欢的酒吧。"胡安说。

4

饭后，胡安在路边迅速地拦了辆出租车，在这寒冷的冬夜里，朵朵觉得没有什么事情会比出门就能打到出租车而更让人感到幸福的事了，尤其对一个从不穿秋裤的人来说。

"师傅，鼓楼东大街。"

朵朵是个路痴，随便给她丢在一个地方就会迷路，恨不得调个头都得用导航仪。可鼓楼东大街这个地方她很熟悉，以前她在那地方上过几节吉他课。

在车上，胡安与她天南地北地闲聊着。聊今晚的饭菜，聊工作，聊自己的爱好。

出租车把他们带到了一个小胡同前，胡同过于狭小，车只好在路口停下。

朵朵好奇地跟在胡安身后，漆黑的胡同里，只有一盏闪着微弱灯光的路灯。往里走不远处，在左手边有一个已经生锈的大铁门，门两侧挂着两盏小烛灯，温暖的黄色光晕照着一排字"今天周六，不回家"的字牌。

胡安用力敲了下铁门，开门的是一个穿着中式小棉袄的年轻女人，女人短短的齐头帘凸显了她脸上的轮廓。

这间酒吧只有五张桌子，可酒的种类却有好几百种。各种酒瓶堆满了一面墙。

"你是怎么知道这里的？"

"这间酒吧的老板是我一个朋友，所有的鸡尾酒的名字全是他自己起的，你看看。"

这本酒单看上去像是一本精致的诗集，封面是用蓝绿色的丝绸布包起来的。酒水名字诗情画意，让人一头雾水。

"这老板是个体制外的诗人，野路子。出过两本诗集。"

"诗人开酒吧这事挺有意思的。我一直觉得搞文艺的人，要不就是自己特别热爱，要不家里就是大款。我猜这位诗人老板应该属于第二种，因为靠卖诗集来开酒吧，应该是不可能的。"

"没错，他家里是挺有钱的。"

胡安为她点了杯"秋日"，鸡尾酒杯上挂了瓣儿小金橘，酒的颜色是由棕色渐渐过渡到橙色的，十分好看。

朵朵讲述着自己的过去，胡安沉默不语。忧郁的眼神突然变得锋利，他眯起眼睛死死地盯着朵朵的后方。

在离他们不远处，有一台小电视机，里面正播放着《沉默的羔羊》。胡安点了一杯苏格兰威士忌，他一只手青筋暴跳地攥着酒杯。

朵朵顺着他的眼神看过去。画面中，男主人公正小心翼翼地解剖一个女人的尸体。

这虽然是一部经典老片，但看到这样血腥残暴的画面，朵朵依然吓得赶快把头扭了过来，她看到胡安依然全神贯注地盯着画面，他的眼神像是男主人公手中锋利的刀，一点一点在解剖那女人的尸体。

这样阴森的眼神让朵朵觉得陌生和恐惧。

"你……很喜欢这部电影吗？"她胆战地问。

胡安突然回过神来，呼吸急促，鼻尖冒出几颗汗珠。

"哦……这酒有些上头。"他呷了一口，露出一个狰狞的表情。

朵朵这感觉似曾相识，可又不知该从何说起，她拿起酒杯一口把"秋日"灌了下去。

这一晚，他们喝了很多酒，背景音乐放着 Duke Ellington

的 *Body and Soul*。在音乐和酒精的催眠下，两人的眼神迷离，在潜意识里分别告诉各自，现在欠缺的是一个深情的吻。胡安的胡楂摩擦在朵朵的嘴唇和双颊，这感觉是那样的真切。酒吧里的服务生在认真地擦拭高脚杯，除此之外再无他人。

深夜，飘起雪花。胡安送朵朵回家了。

5

下午两点时，朵朵昏昏沉沉地翻出手机，突然想起从昨晚开始电话一直处于关机状态。她开机后看见了十四条短信，有十三条是栗子的，还有一条是妈妈的短信。

栗子已经气急败坏，并表示她要报警或贴寻人启事了。

她头疼得要死，点了一支烟，但尼古丁也没有让她的头疼减少半分。无奈下她给栗子打了个电话

"我说你是不是要死啊！昨天你怎么回事啊，要不是你失踪不到 24 小时，我早就报警了。你去哪儿了这是，你去哪儿也不至于关机吧？我都打到你妈那边去了。"

栗子一通呵斥，让朵朵胃里还没消化掉的酒精开始向外翻腾。

"您先歇会，我还没死呢。您再跟我嚷嚷我脑仁儿就该散黄了。"

"你昨天去哪儿了？是不是跟那个伪艺术家出去了？"

"算是吧，昨天喝多了，手机没电了。以后你别……"

还没等朵朵说完，栗子就挂断了电话。

她没有立马回拨过去，只想在床上睡死过去。对于栗子这样的过度关心，朵朵很反感。下午的太阳直射进房间里来，她眯着眼睛爬到床边，外面已是一片银白，一辆铲雪车正在慢慢开过。

下雪了，什么时候下的？她躺回床上，感觉脑仁不停地左右摇晃。她一边瘫在床上吸烟，一边用力回忆昨天发生的事情，这真是一个可怕的经历。

她上次宿醉是在一年以前，也是这样一个寒冷的夜里，与前男友分手的第一个晚上，栗子陪她去后海喝酒。酒精可以纪念一段感情的结束，也可以迎来一段感情的开始。

五分钟后，栗子又一个电话打了过来。这次她并没有再继续质问朵朵，只是告诉她半小时后到她家，并准备了一些粥和小菜。

朵朵在床上，反复回想昨天的事情。在吃晚饭和去酒吧的路上时，一切都是那么的正常，不论是聊天的内容还是言谈举止，如果昨晚停留在这一刻该多好。胡安应该把昨天接吻的事情忘掉，我们都应该忘掉。也许我现在应该关机。她在床上再次昏昏沉沉地入睡了。

一小时后，栗子拿着朵朵家门的备用钥匙进来了。整个房间混杂着二手烟、酒精的味道。她见到朵朵还在熟睡，轻轻地坐到了她床边，望着红晕尚未退去的面颊，想要亲吻她。多年以来，这个想法一直被她深深地藏在心里那一处最阴暗狭小的角落里，不敢轻易去碰触。她用眼神抚摸着朵朵的头发、脸颊和嘴唇，胸口一阵憋闷，呼吸困难，她终于抑制不住把脸一点点地靠近，一点点地靠近，还想再近一些，她心脏跳动的声音震得自己头晕目眩，紧张地用力闭起双眼，屏住呼吸。就差一点点了，她脸上的汗毛那么柔软，皮肤有一种甜甜的香气。也许只要半毫米就可以亲到她了。可这时，栗子的身体突然变得僵硬，无论如何都无法再靠近。这时，朵朵突然睁开眼睛，看到栗子紧张的大脸时吓得大叫一声。栗子把身边的饭菜全部踢翻。

"你干吗呢？有病啊？"朵朵立刻坐起来冲着她大叫。

栗子瞬间把自己弹出房间，快要哭了，她掉头就冲出朵朵房间。

朵朵坐在床上，一下子清醒了。她不敢回想刚才睁开眼睛的那一幕，胃里的食物终于翻江倒海地涌了出来。她冲进厕所，抱着马桶用力地呕吐，想把刚才的画面也一并吐出来。

这时，胡安又打来了电话。

除了表示慰问之外，并告诉她围巾落在出租车上了。看样子昨晚是胡安送她回来的，她不确定胡安是否还记得昨天的事情。

"你今天有事吗？不知道你想不想来我工作室转转。可能会有你感兴趣的作品。"

这通电话把她从刚才的惊慌中救了出来。

这么多年以来，朵朵已经习惯了栗子为她所做的一切，她也从没怀疑过她们之间的友情，也许这段友情早就变质、腐烂了。

6

下午四点左右，朵朵拦了辆出租车，按照胡安所给的地址找到了他的工作室。与其说是工作室，倒不如说是他的家。偏远的宋庄是艺术家们的聚集地，画家居多，偶尔也有几个雕塑家或者搞文学的来这凑热闹。似乎他们觉得离开了宋庄就会失去创作灵感一样。

一夜之间他的胡楂茂密了许多，真是一个毛发旺盛的男人。胡安热情地把朵朵带进工作室，让她随意地参观。这间房子以前是个复式结构的，但由于工作需要，把上下两层给打通了，大厅里显得格外空旷。

"你先随便转转，我给你拿点饮料。"胡安转身便消失在房间里。

大厅中央摆放了一个大型的雕塑转台，其他的角落里也摆满了大大小小的雕塑台，以及各类工具箱。石膏像的完成品以及半成品填满了整间屋子，放眼望去是一片惨白。人在这样的房子是很容易被埋没的。在另一个房间里，有一张双人床，床单与被罩同样是惨白的。屋子里除了一张床以及一个简单的衣柜外，再无其他物件了。

朵朵把身体蜷缩在大厅沙发的角落里，望着窗外。她想对胡安诉说刚才发生的事情，可又不知该如何说起，毕竟他们也只见过一次。

胡安坐在她身旁问道："心情不好吗？"

朵朵一脸纠结困惑的表情，想要开口说话，却又咽了回去，只好点点头。

"和你朋友吵架了吗？"

"也不算是。她……今天的……行为有些奇怪。"

"你那个朋友……她是个同性恋吧？"

在朵朵心里，"同性恋"这三个字是她一直不敢正视的事实，如今却被胡安这样赤裸裸地戳破。朵朵愤怒地看着胡安，想要骂他不要妄自断言，可今天的这一幕又让她无力反驳。栗子是她唯一的朋友，可现在，被胡安说出了事实的真相，她连这唯一的朋友也没了。自己像是掉进黑洞里，什么都没有了。她无比懊恼自己为什么会在那一刻醒来。

朵朵双手捂着脸开始抽泣。

胡安顺势把她搂在怀中："这么长时间你都没发现吗？我也不知道为什么，我对同性恋很敏感，从他们的动作细节上就可以看出来。我跟你那个朋友虽然只见过一面，但当我看到她的眼神、说话时的嘴型和她走路的姿态时，我就知道你朋友肯定是'拉拉'。你早就不应该跟她做朋友了，别难过了。跟她做不成朋友，你不是还有我呢吗？"

胡安这个温暖的拥抱让她情绪平缓了些。朵朵擦干眼泪，这才认真观察起了摆在客厅里的石膏像。

"你一个人住这儿？"

"你觉得谁会愿意和一堆石膏和工具住在一起呀，我的情人就是这些石膏。创作和雕塑是一个寂寞并且漫长的工作，每当我沉迷于雕刻时，我就知道，我再次与外面喧嚣的世界隔绝了。我的生活范围其实很有限，没有什么太多的机会让我接触到女人，尤其是一个可以接受我的生活、我的雕塑作品的女人。之前，我有过一个女朋友，她是我在 K 院校的同学，她是学油画的。我们对艺术的感觉很像，我跟她在一起创作的时候可以一天不说话，她画油画，我在一旁雕塑。我们各自沉溺在艺术的世界里，让我感觉到我们的灵魂如此地贴近，我并不感到寂寞。终于有一天，她决定去意大利上学了，就这么离开我了。"

"她……就这么离开你了？"

"我曾试图挽留过，可无济于事。她在收到那边学校的录取通知书和办好签证后才告诉我的。或许我从来不曾真正得到过她，在她的人生计划中，没有我的位置，艺术对她来说比我重要。在爱情的世界里，人们很容易自我催眠，我以为我们的灵魂可以交织在一起，可并不是，一切都是我的自作多情。"

冬天的黑夜总是过早地来临，胡安进厨房做了两份精致的炸酱面，拿了两听啤酒。他告诉朵朵，第二天宿醉后，是要喝"还魂酒"的。两人在沙发中讲述着彼此的过去，昏暗的灯光和酒精再次起了化学作用。

一个个惨白的石膏人脸像挂在墙上，它们嘲讽、忧郁、兴奋、悲伤地盯着这一对正在缠绵的"文艺人"。

7

胡安和朵朵经过这一晚后开始正式交往，她逐渐将自己制作玩偶的工具和衣物搬到胡安家中。偏远的宋庄出入极为不便，眼看一个星期过去了，朵朵除了晚饭后与胡安的短暂散步、采购些食物外，再没有其他机会可以出门。有朵朵的陪伴，胡安终于再次全心投入到雕塑创作中。他手中捧着一个人脸像，用雕塑刀在细心勾勒出嘴唇的轮廓时，朵朵发现他平日里忧郁温柔的神情不见了，变得极为阴森，像是他手中那把锋利的雕塑刀。他疯狂地沉浸在雕刻创作中，他的世界又只剩他一人了。

又一个星期过去，栗子突然给朵朵传了一通简讯，说是有重要的事情要说，她们约在了老地方。胡安知道是栗子约她出去，便有些焦躁不安。

"那你一定要早些回来。"

朵朵简单地应付了句，过了会儿他再次嘱咐道："你晚饭前回来吧，我给你做饭。"

朵朵在去的途中，一直在反复琢磨见到栗子第一句话该说什么，该用一个什么态度去面对她，应该破口大骂还是沉默不语。

栗子精神恍惚地坐在一个靠窗的角落，见到朵朵后立刻跳起来对她说："朵朵，我昨天在网上查了一下胡安的背景，觉得他有点儿不对劲。我在一个论坛里看到了关于他的一条消息。"

说到这里栗子手心冒汗，咬着嘴唇不知道该如何继续往下说。

"那条消息是关于……一起谋杀案的。"

"你要是约我来就是为了说这些话的，我觉得今天咱们就可以散了。"朵朵转身想要离开。

"你等会，我是在天猫论坛里看的，你也知道在那里会有外面已经被和谐的八卦。我也不确定是真还是假，反正我就想告诉你而已。"

"你现在除了添乱还会别的吗？如果是真的，他早就该被关进监狱了。我觉得你现在已经变得特别低级趣味了，想让我跟他分手也不至于拿这种事来吓唬我吧？我跟谁交往那是我的事儿，跟你没关系。我现在过得很好，请你以后别联系我了。"

"朵朵！你站住，那天发生的事情我不想多做解释，事实就是你想的那样。我知道你现在讨厌我，觉得我恶心。但我还是得告诉你，他是一个疯子！你一谈起恋爱脑袋就跟勾了芡似的，完全不转个！"说完栗子便先跑了出去。

栗子的鬼话她一个字也听不进去，胡安是她现在唯一可以依靠的人。她想回家，想回到胡安的家里去，她想念胡安温柔的拥抱了。

朵朵返回宋庄，她开门的一瞬间发现，胡安头发凌乱，大汗淋淋地站在门背后。昏暗的大厅里一片狼藉，几乎一半的作品被他砸个粉碎。

"你去哪了？怎么不接电话？"他故作镇定，紧攥着正在滴血的拳头发抖。

朵朵吓得说不出话。

"我问你怎么不接电话！"他低着头，凌乱的头发帘遮住了双眼，他喘着粗气依然在颤抖。

"你知不知道我快急疯了！"胡安大吼起来。他张着一个血盆大口冲着朵朵嘶吼着，他体内的野兽正试图挣脱出来。朵朵面对着他，半张着发抖的嘴，对他莫名的发火感到不知所措和恐惧。房间里一片死寂，一张张嘲讽、冷漠、惊恐、悲伤的人物表情塑像破碎地散落一地。在某个角落里，有一双惊恐的眼睛正在凝视着他们。

片刻过后，胡安渐渐冷静下来。他用受伤的手掌用力揉搓了眼睛，终于镇静了。他勉强从脸上挤出来一个微笑说："回来就好，以后记着看着点电话，不然我会担心的。"

他直接奔向大厅，收拾着一片狼藉的石膏像。

朵朵依然站在门口，紧锁眉头盯着胡安在一片昏暗和脏乱的大厅中的背影，不知该说些什么，她不明白胡安的情绪为何会如此跌宕起伏。当她试图开口说话，却又立即被胡安打断，这一晚两人在沉默中就此度过。

深夜，朵朵突然从梦中惊醒，她梦见自己被牢牢地捆绑在一个座椅上，她全身拼命地挣扎，可就是无法挣脱。当她睁开双眼时，胡安正在一旁托着腮凝望着她。他对朵朵说，永远都不要离开我好吗？我是那么的爱你，我受不了你不在我身边的每一秒。昨天晚上我真是害怕极了，害怕你也会无声无息地离开我。我该怎么去让你知道我有多爱你呢？你要是能变成项链坠就好了，天天把你挂在我脖子上。

在这漆黑的夜晚，胡安的眼神像海边的微风，像巴黎的马卡龙，像西双版纳甘甜的果汁。朵朵再次陷入了这温柔美妙的旋涡。几小时前发生的事情，他们只字未提。

寒冷的冬季与漫长的黑夜似乎可以让人们的睡眠无限延长。朵朵醒来的时候已经快到中午，胡安已为她备好了饭菜。大厅又穿越回之前的模样，只是墙上的雕塑品少了许多，挂在墙上的只剩下一个咧嘴大笑的雕塑品。

8

不知过了几天，栗子给朵朵传来一封很长的信息：

朵朵：这世间，爱的方式有很多种。有人选择占有，有人选择放弃。还记得我们上初中时，有一次我浑身是伤吗？你问我怎么了，我跟你说我从楼梯上滚下来了，你很心疼我。那个时候我骗了你，我是找你那个混蛋小磊去算账了。他真的是个十足的混蛋，他把我给打了。但这是我意料之中的事，我知道像小磊那样的混混一定会打我的，可我还是去了，因为这是我唯一能为你做的事情，我恨我自己，我恨我自己为什么不是个男的，这样我就有能力保护你，能光明正大地保护你。我该打。那是我第一次骗你，第二次为你打架。从那个时候开始，我就发誓我要保护你，我要尽我的全力去保护你。我是爱你的，是那种男人和女人之间的爱。你现在知道这些，也许再也不想看见我了。对于我这畸形的爱，我不得不选择放弃。最后我不得不告诉你，他不会带给你幸福。艺术家都是靠不住的，他们爱的只有自己。

朵朵看着手机里的短信，大脑像是被掏空了。她坐在公园里的长椅上久久不得动弹。栗子走了，去了哪儿没有说，只是她永远不会再出现在朵朵面前了。这时已是傍晚，朵朵双手紧握着手机，把头埋在粗线围巾里开始哽咽、抽泣、放肆地大哭。她终于意识到，从现在起，她正式失去栗子了。再也不会有人在她宿醉醒来时为她送饭，在她关机时为她担心了。这些年栗子为她所做的一切都不是平白无故的，她是爱她的。

回到家后，胡安看到双眼红肿的她问："怎么哭了？"

"栗子给我发了一条很长的信息，她走了，我可能再也见不到她了。"说完朵朵抱着他，把脸埋进他怀中再次痛哭。

胡安轻轻拍着她的肩膀温柔地说："你还有我，你还有我。"

"我想去找她，我想现在就去找她，就算北京再大，我也要把她给翻出来。"

胡安惊恐地把她紧紧抱在怀中，生怕她跑掉。

胡安对朵朵说："明天我帮你一起去找栗子，把北京边边角角都翻一遍，肯定会找到的。现在我想给你做个雕塑，算是个礼物，把你现在的样子保存起来，让你永远都这么年轻。"

"好啊，那你一定要把我雕塑得特别漂亮。"她心情有些好转。

胡安把她带到大厅中央的大型雕塑台上："朵朵你现在的样子美极了，你站在雕塑转台上闭上双眼，心里想些美好的事情，你想象着你跟栗子再次相聚的场景，想着我们牵手漫步在海边。你不要动，这可能会花上很长一段时间。"

胡安把冰冷的石膏泥大片地涂抹在朵朵身体上，这时他的眼神又变得锋利起来。朵朵睁开眼睛看到此时的胡安，突然感到头皮发麻。她突然回想起他在酒吧里看正在被解剖的尸体，在昏暗的灯光下用刀雕刻人物嘴唇时的眼神。她又想到栗子对她说过，胡安曾经涉及一起谋杀案。朵朵现在不敢惊动他，尽量让自己保持镇静。她说："亲爱的，我现在好累，身上开始发热。我不想做什么石膏像了，我们一起去看个电影或是在院里散步好吗？"

胡安拿着石膏开始往她的身体上涂抹："朵朵，忍耐下不要动，这是必需的步骤。等石膏干了之后你马上就自由了。"

"我的宝贝，我现在还不能让你走，我要你永远在我身边。永远在我想你的时候看见你。再忍耐一下，再忍耐一下就好，我的宝贝。"胡安开始迅速地用石膏涂抹她的头发，像是在为她涂抹润发乳一样，粘满白色石膏的十指插进她的发丝，抚摸她的脸颊。

"让我最后再亲吻你一次吧。我的爱人。"

朵朵面目狰狞，无法呼吸。她渐渐变得僵硬，一颗硕大的泪珠滚落在她惨白的脸上。这是她最后的一颗泪珠。

　　身体无力地站在雕塑转台上，她眼神中充满悲伤，她赤裸着身体，后背微微隆起，双手向前抬起，像是想要抓住什么东西，双手无力地微微向前抬起。眼神中交错着绝望与恐惧。

　　胡安抱着朵朵的石膏像痛哭流涕，他像一摊烂泥，身体堆在她脚下。

　　"你再也不能逃走了，你将永远都属于我。我的宝贝，你不知道我有多爱你。"

永生花

1

最近一次听到张金宝的名字是小七回到北京的两年后，一次朋友聚会上。老贺显出一副神叨叨的表情说："你们听说了吗？玛丽张的本名叫张金宝！"在座的七八个朋友开始交头接耳，小七也装作一副好奇的样子参与其中。这个秘密她大概在十年前就知道了，尽管如此，她还是摆出了一副惊讶的表情。老贺又说："这名字土的哟，跟村姑儿似的。我还听说，这女的换过九次名字呢。"老贺其实并不认识玛丽张，他们未曾谋面。可在纽约华人圈里，你有可能没听说过玛丽李、玛丽王、玛丽何，但绝不会没听说过玛丽张的。但实际上，张金宝只换过两次名字。脏小强操着福建口音说："这人呀，不管到哪里都得靠口碑活着。她把一个名字用烂了，可不得换个名字吗？"脏小强是福建人，二十年前偷渡到了他的梦之国——美国，几经周折后，又将自己渡到了梦之国的核心城市——纽约。他在一家广东人开的餐馆里打黑工，没人知道他真正叫什么，也没人关心。只是认识他的人都管他叫脏小强，说是在纽约讨生活的福建人，都有像蟑螂小强一样顽强的生命力。

脏小强说得没错，饭馆儿需要口碑，足疗需要口碑，妓院也需要口碑，人更是要靠口碑活着的，尤其是在纽约的华人圈里。口碑和人是捆绑在一起的。当张金宝"火"起来的时候，正是用的玛丽张这个名字。

小七和玛丽张是什么时候认识的？具体日子小七也记不清了，只是隐约记得那是一个较为温暖的冬天。和往常一样，小七晚上八点准时从学校图书馆里走出，排队等待回家的60C路公交车。站在她前面的是一个金黄色长发披肩的女生。她穿了一件黑色呢子大衣，两条细长的腿就这么赤条条地裸露在冬日的夜里。小七把自己裹在一件长到脚后跟的白色羽绒大衣中，瑟瑟发抖。"怎么车还不来？"小七嘟囔了一句。赤腿女孩突然转过身来："可能还要等个十分钟呢。"小七一惊："哟，中国人呀。"

十分钟过后，60C不慌不忙地缓慢驶来。她们并排坐在了一起。赤腿女孩开始和小七攀谈起来，姓名、年龄、籍贯、专业，两人各交代一遍家底后又不约而同地下车了。小七后来得知，赤腿女孩叫玛丽张，住在自己隔壁。

晚上回到家后，小七正准备睡觉，突然门铃响了，是玛丽张。她穿着一条红色蕾丝睡裙，手里端着一盘蛋糕和一瓶红酒。玛丽张对小七说："我能进去坐坐吗？"小七看着她，这分明就是想与自己彻夜谈人生的架势。小七面有难色道："我明天有早课……"玛丽张垂下眼帘："今晚是我生日。"

小七的房间是和别人合租的，室友是个韩国人，所以整个屋子都弥漫着一股泡菜味儿。此时，那韩国姑娘早已睡下。玛丽张踮起脚尖，兴奋地迅速冲进小七房间里，甩掉脚上的拖鞋跳上了床。小七虽不厌烦玛丽张，可对她这种自来熟的行为实在感到不自在。

"二十八岁了，过得可真快。一转眼到这个城市也有十一年了。"玛丽张身姿妖媚，蕾丝裙挂在胸前，露出了半个乳房。她在胸前不停摇晃着手中的大肚红酒杯，红酒在玻璃杯里一圈圈地转悠着。小七坐在书桌旁的椅子上，低头不作声。"你有男朋友吗？"小七摇摇头："交男朋友就会影响我学习。"玛丽张看着她，轻声一笑。"我得赶紧毕业然后找个正经工作。家里只有供我读一年预科和三年大学的钱。"玛丽张又说："你为什么叫小七？""我脸上长了七颗痣，后来烧掉了两颗，一颗是眼角下面的，一颗是嘴边上的。因为姥姥说眼角长痣的姑娘容易哭，嘴角上长痣的姑娘爱贪嘴。姥姥不想让我变成爱哭鼻子的小胖妹，就点掉了这两颗。奶奶还说，其余的五颗痣不碍事儿。"

两人整晚只是随性聊天。小七心中一直想问玛丽张一句话——你没有其他的朋友吗？可这句话却一直憋在心里，谁也没想到，这一憋就是永远。

玛丽张独自喝了一整瓶红酒，红酒把她的双唇染成了酱紫色。她就这样穿着红色蕾丝睡裙倒在了小七的床上，像只即将死去的吸血鬼。她的生日就这样在小七这样一个陌生女孩的家中平静地度过了。小七站在床边看着她，莫名地对她起了怜悯之心。

第二天一早醒来，玛丽张早已离去。小七对妍姐讲述了昨天发生的事情，妍姐只是说让她远离玛丽张，这样的女人都不是什么好人。在妍姐心里，头发染成金色的都是坏女人。她给小七讲了一个四年前发生在纽约的真实故事。

事情发生在一个圣诞夜的前夕，是个星期日的白天。教徒们在圣约翰教堂里做礼拜，这时候三辆警车呼啸而来。警察在教堂外面死守着，直到礼拜结束后，教徒纷纷走出教堂，四名警察冲进去，把一个金色长发的中国女人按在了地上。那个金色长发女人没有挣脱，老实地被警察带走了。可没过多长时间，她又被放出来了。逮捕她的原因是，警方怀疑她跟三天前的一起凶杀案有关系。死者死前，两人刚发生完性关系，可根据调查，两人并无直接关联。一个月后，这案子了结了，凶手找到了，果然跟这个金发女没有直接关系。后来才知道，这金发女名叫樱桃，本名是张金宝，说得好听点儿她是个援交妹，说得难听点儿就是个妓女。这新闻一曝光之后，就不得了了，关于她的小道新闻就像北京春天的柳絮一样飞满天。有人说樱桃被一个越南大佬给包养了，也有人说她曾经进过三次戒毒所，每次都试图从中逃跑，但都未遂，更有人说她已经死了，被越南大佬给弄死了。她的事情被无数的华人盲流杜撰着。无论她是否已经死去，樱桃这名字就此消失了。那个时候，人们一度怀疑樱桃为什么会去圣约翰教堂里做礼拜。有人猜测，她此时正因宗教迫害的缘由申请难民，谁知道呢。

小七却不以为然，她觉得玛丽张与她口中的樱桃相差甚远——怎么能把所有染成金发的女人都看作坏女人呢？

2

第二天，小七没有见到玛丽张，第三天没有见到，第四天也没有……她的莫名出现像是一场梦，唯有枕边那一根金发丝可以证明，玛丽张是真实存在的，她的确在小七的床上睡过一晚。

小七几次想去按响玛丽张的门铃，可每次都驻足在门外徘徊很久，犹豫下还是算了。仅仅一面之缘而已，何必再去打扰呢。可是她到底去了哪？纽约城中的普通公寓楼隔音效果极差，四面邻居家中的每一点噪声都可以听得清楚。就像上个星期，住在楼下的一对夫妇因为在公共洗衣房洗衣时，妻子洗完衣服没有及时拿出来，导致两条裙子、三条裤子、五件衬衫以及丈夫一件风衣外套全部丢失而大吵一架。最重要的是，丈夫的一支很贵重的钢笔落了外套的内侧兜里。夫妻二人的口音听上去不是纽约城的人，有点儿像印度或中东一带的。小七在家里听得一清二楚。

这几日，她总是把耳朵贴到墙上，探听着隔壁——也就是玛丽张房间里的声音。可每次传来的，永远都是楼上或是楼下再或是隔壁的隔壁所传来的挪动椅子、咳嗽、打呼噜以及做爱的声音。

直到第八天，玛丽张的房间里终于传来了动静。

晚上十点，邻居纷纷歇息，在夜晚的寂静中，不时传来楼上男人雷鸣般的酣睡声或是窗外警车呼啸而驰的声音。小七在房中准备着期中考试，这时，玛丽张的房间里飘来了一阵她与一个男人的对话。

男人说，下个月还是老地方见吧，钱已经打到你的账户里了，注意查收一下。这次可是一笔不小的数目呢。玛丽张没有说话。关上了门，男人便出去了。小七立刻从大门的猫眼望向走廊，却只是隐约地看到一个男人的背影。她趴在墙上又一次听着玛丽张房间里的声音，听到的却只是自己的呼吸声。

"我一定是疯了。"小七倒头便睡下了。

夜晚的某个时间，她被一阵硬物敲打墙壁的声音吵醒，她把头缩在被子里。

此时的玛丽张，正穿着一件吊带睡裙躺在床边。一个男人坐在床的边缘，一点一点褪去裤子，然后内裤。显然，这是他第一次做这种事情。他的动作笨拙、生硬、紧张，显得有些龌龊。男人的举动让玛丽张想起了五年前的事情。

那是个秋天，玛丽张的男朋友莫小楠去上课了。玛丽张找到了一个兼职——教一个广东仔弹钢琴。上课地点是在这个广东仔家里的地下室。那时的玛丽张还不叫玛丽张，叫樱桃。广东仔带着樱桃走进地下室，按了开关，暗黄色的光在黑暗的房中逐渐晕散开来。地下室潮湿阴暗，有一股发霉的味道。这个地下室摆着一张单人床，床前有张书桌，桌子上躺着一架不是全键盘的电子琴。

　　地下室里，散发着死人般的味道。

　　樱桃站在门外，迟迟不敢踏入房门。广东仔似乎察觉到了什么，便开口说："我们之前在网上已经说好了，给你的薪水是四十分钟五十美金。要不我给你再加一些。我给你七十美金怎么样？"樱桃立马点头答应着。她需要钱，她需要立刻从莫小楠的房子里搬出去。

　　她从未想到过自己经过十五年的严格训练后，会坐在一个散发着死人味道的地下室里，用一架简易电子琴教一个成年的广东仔弹钢琴。而这个广东仔却只想弹一首光良的《童话》。

　　广东仔坐在床的边缘，就像此时这个男人一样。他拍拍床边，示意她坐过来。他把电子琴的开关打开，这个举动让樱桃觉得无比可笑。她认为，这根本不能叫作琴，顶多算个玩具。但一想到今天拿到七十美金的酬劳后，就立刻能从莫小楠的家里搬出去，就又无比激动。

　　电子琴冒出了一阵高分贝刺耳的声音。樱桃慢慢把双手放到了键盘上："我先给你弹一遍，然后在五线谱上标注上简谱的数字，简谱你认识吗？哦，对了，差点儿忘记问你，你之前学过钢琴吗？"广东仔摇摇头说："我从来没学过，简谱也不认识。这是我第一次弹琴。"樱桃没再说话，照着谱子弹了一遍，然后拿起笔在音符上标注了数字。

广东仔在樱桃边上如坐针毡，屁股在床上蠕动着。他微微起身，又坐下，就这样，起身再坐下。一只手慢慢拉下自己的运动裤。昏暗的灯光让樱桃的视线变得越来越模糊。他的动作细小谨慎，樱桃并没有在意。"我先教你识五线谱，下加一线是Do，往上半个格子是Ri。"广东仔似听非听地点着头。他抬下屁股，又坐下，就这样一直重复着。樱桃终于看到了他这一举动。在这封闭幽暗的地下室里，再无旁人。樱桃的目光迅速转移到琴谱上，感到空前的恐惧。广东仔突然开口："这是Do吗？"他一手指着琴谱，一手便按下了琴键。樱桃点点头，双手开始发抖，但又不能暴露出自己的恐惧。他已经把灰色的运动裤脱在了大腿根的位置上，并且没穿内裤，他生殖器上的毛发就赤裸裸地暴露在外面。他如此坦然地坐在床边上，双手接过樱桃递给他的琴谱："这些数字是什么意思？"樱桃脑袋里像是被吸尘器吸空了般。她要保持镇静。樱桃说："是简谱。"广东仔露着半个屁股坐在床上，认真地看着。

樱桃故作镇定地说："我去一下洗手间。"广东仔微笑地对她点头示意。

她拿起包，缓慢起身，此时樱桃已经没有了呼吸。她快速地，几步冲出了地下室，推开大门跑了出去。她随便朝着一个方向拼命地跑，她已经很久没有跑得这么远，这么快了。上一次拼命地跑步还是在初中，上体育课的时候。她终于跑得没了力气，回头看看，广东仔并没有追上来。她瘫倒在一棵树下，把脸埋在了臂弯里，哭了。

现在，这个男人已经把自己脱得精光，他赤条条地坐在玛丽张身旁，伸手慢慢划下她身上的吊带裙。玛丽张慢慢躺下，面无表情地盯着天花板。

一阵床头木板不停敲打墙壁的声音，不断传进小七的房间里，这阵敲打声里又伴随着做爱时所发出的呻吟声。小七仔细听着。男子说："我要来了。"玛丽张声音有些不耐烦："一定要拔出来，要是弄进去我们就不要再见了。"只听男人"啊"的一声，世界安静了。

小七心里一阵恶心。过了会儿，一声关门声响，夜晚又恢复了原有的寂静。

小七睁大眼睛，凝视着万籁俱寂的黑夜。她继续聆听隔壁是否依然有动静，不知不觉中睡着了。

3

这次的期中考试格外关键，如果有一门课没有考好的话，那么这门课就要重修。也就意味着，她要延迟一个学期毕业。住宿费、学费、餐费、电话费、交通费，她每次想到这些的时候，焦虑症就会发作。她的焦虑症是从刚刚来到纽约时患上的。那个时候她只身一人来到纽约，英语只停留在简单的日常生活用语水平上。家里给的费用只够她上一年预科以及三年大学的。小七父母认为，大学第四年的时候她就应该有能力出去找工作，养活自己了。如果这一年预科不能顺利毕业，则要卷铺盖打道回府了。在上预科的时候，她认识了妍姐。妍姐便给小七介绍了一份打散工的地方，可是那个时候美国政府明文规定，中国留学生是不可以打工的。但是妍姐介绍的这份工作是一个广东人开的中餐馆，老板为了偷税，在店里打工的人基本都是中国留学生，或是一些没有身份的难民。付给他们的薪水是政府规定最低时薪的一半，而且是付现金的。小七没有打工经验，但样子乖巧。老板就让她暂时到厨房里做洗碗和倒垃圾的工作。这时，她就认识了脏小强。脏小强当年从福建坐船偷渡到美国，在海上漂泊的数月里，有两个从小一起长大的哥们死了，就死在了脏小强的脚边。如今，他已经在美国生活五年了。小七时常好奇，像脏小强这样在美国没有身份、没有家、没有钱的人为什么偏要来美国讨生活。每当谈论到这个问题的时候，脏小强总是笑嘻嘻地说："美国哪里都好，连厕所的卫生纸都好。"

小七坐在三百人的教室里，忐忑不安。老师发下考卷。为了防止学生作弊，考卷分成了 A、B、C、D 四种题目不同的卷子。如果想抄袭四周同学的卷子似乎是不可能的了。小七看着试卷，突然绝望了。题目与复习时的内容完全就是两回事。再眺望下班里的同学，大家都在奋笔疾书。尤其是坐在她左前方的那个黑人女孩，眨眼间的工夫卷子上已经书写了四行。她眼睛直勾勾地盯着卷子，脑袋里并没有认真思考答案，而是在掂量着这次考试不及格的后果——回国还是再重读一个学期，想到这些就好像天塌下来了一般。八名监考老师像幽灵般地在四周游荡。无奈下，小七只好硬着头皮填写答案。又一个小时过去，那个黑人女孩自信满满地站起来，走向前，交了考卷后离开了考场。逐渐，其他同学也纷纷收拾桌面，离开考场。小七心急如焚，手心的汗把卷子浸得皱巴巴的。

她看了下自己的试卷，填写的答案似乎并没有错得离谱。每道题还是经过认真思考后才作答的。一个小时的填写，卷子上也都是满满的字迹。她潦草检查一遍后，便上交了考卷。希望这次可以蒙混过关。

她急忙跑出校园，到了那个公寓后面的小花园里。一个人独自坐在张木条凳子上，发呆。

一个星期后，考试成绩下来了。小七看到成绩的那一刻，突然崩溃了。她把头埋进臂弯里哭了。这哭声是那么的绝望。不时有人走出公寓大门，脚步缓慢地走在街道上，享受着当下的阳光。

4

晚上，小七走到家门口的时候，看见一个身着黑色西装，年纪大概在五十岁上下的外国男人，手提公文包徘徊在玛丽张门口。男人见到小七后，尴尬地笑下，便迅速低下头，把身体转向一边。小七不知那男人鬼鬼祟祟地在做些什么，她回到家，仔细盯着门上的猫眼，注视着那男人的行动。不一会儿，玛丽张给他开了门，男人进去了。小七又迅速把耳朵贴在墙上，听着动静。几分钟过去后，那声音又蹿了出来。

小七心脏乱跳，屏住了呼吸。她多半已经猜到了什么。她后退几步，退到了窗子旁，她再也不想看见这个肮脏的女人。也许已经没有了以后，自己未来的路像是夜晚中的一片海，绝望得让人恐惧——是时候该回国了，可回国后连个文凭也没有，这该怎么交代？这时候，玛丽张的房间里又传来了一阵对话。男人说："这些给你，应该够你到今年年底或是明年年初的生活费了，还有这个电话号码，我已经跟移民局那边的朋友打好招呼了。帮你办美国永久居民的身份可能有点儿困难，但是他们可以把你的签证再延续三年。我下个月就回国了，太太在杭州要生孩子了，我得回去。这次可能就不再回美国了。你以后好好照顾自己，钱攒得差不多了就别干这个了。玛丽，我还是喜欢过你的，这个你是知道的吧？"从始至终，玛丽张没有说一个字。

不一会儿，男人走出了玛丽张的房间。这时候，什么声音也听不见，就连楼上那个胖白人的打呼噜声也没有了。深夜，这座城市进入了睡眠，唯有小七和隔壁的玛丽张还醒着。她们就这样独自在漆黑的房间里，睁着眼睛，恐惧着未来。

这天晚上，小七做了一个梦。

玛丽张多次打电话给小七，也曾按响过她的门铃。可她一概视而不见。可这么躲着也不是个办法，毕竟两人的住所只有一墙之隔。一日，在公寓楼下的超市里，小七从远处看到了玛丽张的背影，她在冷冻区的冰柜里挑选食物。小七立刻转身，躲在了一排货柜后面。她怀里抱着水果，心里仔细想着，她到底犯了什么错？自己与她其实不熟络，按道理来讲她的私生活与自己又有何关系呢？

小七决定大步走到收银台前去，即使碰巧遇到玛丽张也要坦然地面对她，可这时候，玛丽张突然叫住了她。小七却还是下意识地闪躲了下。"你是在躲着我吗？"玛丽张开口直奔主题。小七用力摇摇头。"那为什么你明明在家的时候，我按你门铃你不回应？打你电话你又不接？刚才明明看到我却又躲起来？"小七心里乱了，脸也感到一阵滚烫。

"那天，我看到有个男人在你家门口徘徊，然后……然后……"

小七没有看玛丽张的眼睛，低着头小声说。"然后呢？你还看到、听到了什么？"玛丽张说。小七停顿了下："你的私生活，和我无关。"说完便转身走掉了。玛丽张站在原地，看着逐渐走远的小七。身旁篮子里的冷冻番煎肉酱和意大利面条在慢慢往下滴水。她就这样一直站在原地，一动也不动，心拧成了一个畸形的疙瘩。

晚上，玛丽张在小七的门口来回踱步，几次想按响门铃，但又把手缩了回来。长长的走廊里空无一人，灯灭了又亮了，亮了又灭了。隔壁家的那对夫妻又在吵架，好像是因为丈夫昨天喝醉了，把车钥匙弄丢了。妻子气得在摔东西，因为那是他们家里唯一的一把车钥匙。今天玛丽张的房里不会出现任何男人，她把两个客人的预约都取消了。走廊里的灯灭了两次又亮了两次，她终于按响了小七的门铃。

门铃只响了两声，小七就打开了门。玛丽张没有化妆，这是小七第一次见到最真实的她。她的皮肤黯淡无光，几条鱼尾纹浅浅地挂在眼角。去掉了黑色的眼线，眼神也显得那么沧桑、疲惫。这张脸在告诉着人们，青春已经在多年前就离她远去了。她把头发简单地绑在脑后，穿了一身淡橙色的运动服，她像一只快要干枯的橘子站在这里。

小七示意她进到屋里来。她知道玛丽张来的目的，待她们进到了卧室后，小七轻轻关上门，锁住了。她生怕那个韩国室友会听到她们的对话。

玛丽张坐在了小七书桌前一把椅子上，把身子挺得笔直。小七坐在床边，看着某处。她们都等着对方先开口。屋子里只有此起彼伏的呼吸声，还有从隔壁传来的吵架声。妻子愤愤地说："车子的另一把钥匙就是你在去年喝醉的时候弄丢的！"丈夫终于忍不了，夺门而出。

"原来这个房子这么不隔音。"玛丽张由于长时间没有说话，嗓子里卡了一口痰，她又清了下嗓子，终于把这第一句话开口讲了出来。

小七点点头，指着她睡觉的那面墙说："我们的卧室应该就只有这一墙之隔。"

玛丽张说："我刚搬来不久，当初房东说，这里的隔音效果很好的。每天躺在床上，只想把自己裹在被子里死死地睡去。有时候会失眠，失眠的时候会想起那些男人的口臭和肮脏的手在我身上胡乱地摸着。但这么多年倒是也习惯了。我曾多次尝试过自杀，我厌恶自己，觉得自己特别肮脏。可最后我发现，肮脏的不是我，是生活。"

"那为什么去做妓女？为了钱？"小七说。

玛丽张说起了五年前的事情。

5

她记得特别清楚，那是 2008 年的圣诞节。那时候的玛丽张还叫樱桃呢。圣诞节，原本是基督徒纪念耶稣诞生的日子，是家人团聚在一起，在家中吃饭、庆祝、一起拆礼物的日子。可对于那些没有宗教信仰的留学生而言，他们只好凑在一起在酒吧喝酒或唱歌。他们不明白圣诞节的真正含义，也不明白圣诞节到底是在庆祝什么。只知道，圣诞节是一个大家必须要喝得醉如烂泥的节日，像过生日一样。

就在平安夜这天晚上，樱桃的男友莫小楠告诉了她一件事情——他准备移民美国了，他的家里人终于同意给他办投资移民了。等他办好身份后，他们会立刻结婚，这样樱桃也就自然而然有个美国身份了。这个消息对樱桃来说并不是一个好消息，那个时候的她并没有想要留在这个地方，她本想着毕业后，两人回国共同发展，毕竟在美国他们什么也没有。五年里搬了快二十次家，这意味着什么？樱桃的行李箱永远会摆在房间里最明显的地方，箱子里也永远备着日常生活用品。她说，这是为下一次搬家做准备。他们在这里生活永远都是个漂泊的局外人，这些留学生就像北京四月的柳絮，纷纷扬扬地在空中飘呀飘，飘呀飘。

在美国的日子，他们相依为命。樱桃和莫小楠像是连体婴般地形影不离。之所以形影不离，不是他们对彼此的爱有多深，因为他们没有办法。两个孤寂的灵魂在陌生的城市，他们想靠得近一点，再近一点，最好可以合二为一，成为另一半的寄生虫，只有这样才会让他们安心，漂泊的肉体才会有依靠。樱桃没有朋友，她有莫小楠就足够了。她已经习惯了在纽约这样畸形病态的生活方式。她盼望着莫小楠的身份可以快点办下来，这样他们就不用再为续签、租房子这样的事情而烦恼了。樱桃认为，在美国只要有了身份，买了房子就可以变成真正的美国人了，一个可以永久居住在这片土地的本地人了。

玛丽张说："日子就这么有条不紊地过着，可谁知道，突然有一天莫小楠提出了分手。"我趴在桌子前，写了一封给自己的信：

> 莫小楠，此时此刻，我在这家徒四壁，漆黑的夜里。我又开始想你了，每次想你时，我的四肢、心脏、大脑，甚至是脚趾间都在隐隐作痛。我觉得我病了。从这个时候开始，从我在记录这些的这一刻开始，我做了个重大决定，我要报复这个世界，报复这个无耻

的社会，更重要的是报复你。

后来，莫小楠又来找我了，他说他不爱那个女人。但那个女人可以帮助他，包括事业和生活。他又对我说，你知道吗？樱桃，其实我也挺不好受的。当和一个自己不爱的女人步入婚礼殿堂的时候，当那个狗屁华人牧师问我是否愿意娶这个女人为妻，我说是的时候，你知道我有多难过吗？我觉得自己特别失败，特别悲壮。听完这话，我转身就走了。

那是她最后一次见到他。那个时候，她就知道人该现实一点，冷酷一点，健忘一点，只有这样才能保护好自己。樱桃不知道自己是否应该对他说声谢谢，他让樱桃成长了，变得坚强了，同时也堕落了。

小七说："那然后呢？"

"没有然后了，就像我的人生，没有了然后。"

6

"我要回国了，下个星期天的机票。这次的期中考试没有过。毕业的话，可能要再延期一年。家里没办法再为我承担费用了。你跟我一起回去吧，回到国内，我们一起重新开始。"

"说得容易，怎么重新开始？又不是打游戏，这条命死了可以重新复活的。也许你可以，但我是回不去了。回国的念头在五年前、踏上这条路的时候我就已经打消了。来这里已经十一年了，这意味着什么？我的青春，我的爱情，生活上所有的辛酸全部献给了这里。回国我一无所有，就连朋友也没有。虽然我在美国同样孤独，但在这里每个像你我一样的中国人都孤独，这一点你敢否认吗？我们大家都一样，所以就不觉得孤独了。我的父母认为我在美国生活得很好，他们以我为骄傲。我上一次回国是在三年前，当飞机快要降落的时候我哭了。我终于能回来了，回到爸妈的身边。我不再是玛丽张，不再是为了生活，为了那无谓的美国身份而出卖自己灵魂和肉体的玛丽张了。当我变回张金宝的时候我居然哭了出来。可是一个星期后，我开始想念美国了。当然，在美国我依然一无所有，甚至美国的一切都与我无关。但相比之下，更令我恐惧的是北京的车水马龙。"

"回国吧，国内的机会还是多一点儿的。美国的生活就像是个大沼泽，现在唯一能救你出来的方法就是回国。你不必很快做决定，下个星期天我希望在机场看到你。"

玛丽张在曼哈顿最繁华的街道上，她走路的姿势从容不迫。她目视前方，眼神淡定，像是把耳朵关了起来。说唱艺人在路边手舞足蹈，最后摘下礼帽。路过的行人偶尔将硬币投入礼帽中。她在曼哈顿的人声嘈杂中孤身自立，看不出她的幸福与悲戚。她孑然自处的身影逐渐被淹没。

星期六的晚上，小七的门口放了一盆花。花盆里塞了一张纸条：

它叫永生花，是经过复杂工序加工而成的。看得出来吗？这永生花的前生是新鲜的玫瑰花和康乃馨。卖花的老板说它能活三年。我把它送给你，它能陪伴到你毕业的那天。珍重。